너
도
하늘말나리야

이금이 청소년문학

너도 하늘말나리야

ⓒ 이금이 2005, 2021

초판 1쇄 펴낸날 2005년 2월 22일
초판 23쇄 펴낸날 2018년 3월 30일
개정판 1쇄 펴낸날 2021년 9월 10일
개정판 4쇄 펴낸날 2023년 2월 10일

지은이 이금이
펴낸이 이어진
편 집 현민경
디자인 파피루스

펴낸곳 밤티
등 록 2020년 5월 18일 제2020-000081호
주 소 04590 서울시 중구 다산로 156 부흥빌딩 2층 136호
전 화 02-2235-7893
팩 스 02-6902-0638
이메일 bamtee@bamtee.co.kr
홈페이지 www.bamtee.co.kr

ISBN 979-11-91826-01-2
      979-11-971205-3-4 44810(세트)

너도 하늘말나리야

이금이 장편소설

밤티

차례

미르 이야기

달밭의 느티나무

앞에 가던 이삿짐 차가 희끗희끗 눈이 남아 있는 산모퉁이를 돌아 사라졌다.

"미르야, 이제 다 와 가."

보조석에 앉은 엄마가 흥분한 목소리로 말했다. 미르도 조금 전 '월전 보건 진료소'라는 이정표를 보았다. 결국 여기까지 오고 말았다. 모퉁이를 돌면 세상의 끝이 기다리고 있을 것 같아 미르는 눈을 감았다. 몸이 한쪽으로 쏠렸다 제자리를 찾는데 운전하던 큰삼촌이 말했다.

"허, 대단하네!"

미르는 자기도 모르게 눈을 뜨고 앞 좌석 사이로 고개를 뺐다. 가장 먼저 눈에 들어온 건 느티나무였다. 엄마가 말하던 그 나무다. 멀리서 봐도 굵은 둥치와 수없이 뻗어 나간 가지들이 보통 나무들과 달라 보이긴 했다. 나무를 둘러싸고 사각형으로 놓인 벤치가 울타리처럼 보였다.

"마을 이름이 뭔지 알아? 달밭이야. 행정 이름은 월전리인데 동네 사람들은 달밭마을이라고 부르더라. 그리고 진료소 앞에 오백 살이나 된 느티나무가 있는데, 그 나무를 보는 순간 얼마나 든든해졌는지 몰라. 엄만 앞으로 그 느티나무처럼 당당하고 씩씩하게 살 거야."

배치받은 진료소에 미리 다녀온 엄마가 흥분한 얼굴로 말했다.

"미르야, 정말 멋지지?"

엄마가 '내 말이 맞지?' 하는 표정으로 돌아다보았다. 미르는 신난 듯한 엄마 기분을 맞춰 주고 싶지 않아 고개를 돌려 버렸다.

삼촌이 이삿짐 차와 좀 떨어진 곳에 차를 세웠다. 엄마는 차가 채 멈추기도 전에 안전띠를 풀더니 급하게 내렸다. 열린 문으로 찬 바람이 밀려 들어왔다. 미르는 차에서 내리는 대신 마음의 빗장을 닫아걸 듯 팔짱을 꼈다. 그 모습을 본 삼촌이 물었다.

"더 있다 내릴래?"

"네."

"그래, 도울 일도 없을 텐데 차 안에 있어."

삼촌이 내리자 차 안은 미르만의 공간이 되었다. 보고 싶지 않은데 밖에서 벌어지는 풍경이 저절로 눈에 들어왔다.

엄마는 미리 와서 기다리고 있던 마을 사람들과 인사를 나누느라 바빴다. 대부분 노인들이었다.

"짐도 많지 않은데 포장 이사는 너무 비싸. 그리고 마을 분들이 이삿짐 나르는 거 도와주신다고 했어요."

삼촌이 포장 이사를 권했을 때 엄마가 한 말이었다.

'할머니 할아버지들이 무슨 짐을 나른다는 거야.'

미르는 무엇이든 트집을 잡고 싶었다. 아니, 지금 일어나고 있는 일들을 아무것도 인정하고 싶지 않았다.

서랍장, 책상, 침대, 소파 같은 큰 짐들부터 옮기기 시작했다. 이삿짐 차 일꾼 두 명과 삼촌, 할아버지 두 명은 큰 짐을 날랐고 할머니 세 명은 작은 짐을 날랐다. 수다를 떨며 구경만 하는 할머니들도 있었다.

빙 둘러쳐진 측백나무가 담장을 대신하고 있는 진료소 건물은 느티나무에서 10미터쯤 떨어져 있었다. 짐들이 건물 가운데에 난 현관으로 들어갔다. 건물 왼쪽 편이 살림집 공간인 모양이다. 살림집과 진료소가 따로 떨어져 있을 줄 알았는데 한 건물에 같은 출입문을 사용하는 거였다. 미르는 마당에 국기 게양대가 서 있는 집엔 아무리 오래 살아도 정이 붙을 것 같지 않았다. 책상과 옷장, 침대 같은 자기 물건들조차 '월전 보건 진료소'라는 간판이 붙은 곳으로 들어가자 남의 것 같았다.

보지 않으면 없어질 일인 것처럼 미르는 아예 눈을 감아 버렸다. 눈뿐 아니라 이어폰으로 귀도 틀어막았다. 휴대폰에서 사촌 오빠가 담아 준 노래가 흘러나왔다. 미르는 등받이에 더욱 깊숙이 몸을 기댔다. 눈을 감은 채 듣는 음악이 지금 눈앞에서 일어나는 일들을 잠시 잊게 해 주었다. 엄마와 아빠가 헤어졌다는 것도, 이제부턴 진료소 소장이 된 엄마와 이곳에서 단둘이 살아야 한다는 것도. 하지만 봄 방학 동안 도망치듯 떠난 걸 알고 수군거릴 아이들 모습이 떠오르자 다시 현실로 돌아왔다. 미르는 단짝이었던 지유와 민서에게조차 작별 인사를 하지 않았다.

엄마 아빠의 이혼에 큰 충격과 배신감을 느낀 미르는 자신도 아직 받아들이지 못한 일을 친구들에게 말하고 싶지 않았다. 지유가 자주 싸우는 부모님이 이혼하면 누구와 살지 고민할 때 미르는 거의 싸우지 않는 엄마 아빠를 떠올리며 다행이라고 생각했다. 당장이라도 가정이 깨질 것 같던 지유네는 봄 방학 동안 호주로 가족 여행을 갔다. 민서는 부모님이 자기 앞에서도 스스럼없이 스킨십을 해서 징그럽다고 투덜거렸다. 그때도 미르는 엄마 아빠는 그러지 않아서 좋다고 생각했다. 민서네는 부모님의 결혼기념일을 맞아 제주도로 여행을 갔다. 그런 지유와 민서에게 엄마 아빠가 헤어지고, 엄마를 따라 시골 진료소에 가서 살 거라는 이야긴 죽어도 하기 싫었다.

"미르야."

엄마가 차 문을 열었다.

"가서 네 방 책상이랑 침대랑 어디에 놓는 게 좋을지 봐."

미르는 여기 오기까지 모든 걸 마음대로 했던 엄마가 침대랑 책상 놓을 자리를 보라고 하는 게 어이없었다. 자기 인생인데 뜻대로 할 수 있는 게 고작 그런 것뿐이라는 사실도 억울했다. 미르는 사나운 눈길로 엄마를 째려보았다. 엄마가 이맛살을 찌푸리며 한숨을 쉬는데 인사를 하는 낯선 목소리가 끼어들었다. 자동차 옆 거울에 비친 아저씨가 고개를 꾸벅 숙이자 주먹코에 메기입이 되었다.

"일 보자마자 부지런히 왔는데 짐을 벌써 많이 날랐네요."

"오셨어요? 동네 어르신들이 도와주셔서 수월하네요. 진료소 뒷마당 정리 회장님이 하셨다면서요. 고맙습니다."

엄마가 미간의 주름을 펴며 활짝 웃었다.

"힘든 일도 아닌데요, 뭐. 공주님은 따님인가 봐요. 안녕?"

아저씨가 열린 문으로 미르를 보곤 싱긋 웃었다.

"네, 미르야, 인사드려야지. 달밭마을 영농회장님이셔."

미르는 마지못해 고개만 까딱했다. 엄마는 미르를 놔두고 아저씨와 이삿짐 차 쪽으로 갔다.

미르의 눈이 엄마를 좇았다. 면바지에 집에서 입는 스웨터와 패딩 조끼, 하나로 묶은 머리가 약간 헝클어지기까지 했는데도 엄마는 그 어느 때보다 생기 있어 보였다.

아빠와 살 때, 엄만 간호사로 근무하는 병원 일에 늘 지쳐 있었고 웃는 일이 드물었다. 그때는 엄마가 웃지 않는 게 싫었는데 지금은 웃는 게 못마땅했다. 여기 사람들한테 하는 거 반만 아빠한테 했어도 이혼하지 않았을 거야. 미르의 마음은 더 굳게 닫혔다.

안에서 나온 삼촌이 느티나무 가에 놓인 벤치로 가 앉았다. 얼굴이 활짝 핀 엄마와 달리 그늘이 가득했다. 엄마 아빠가 헤어지면서 집을 전세 놓았는데 예상보다 일찍 나갔다. 미르와 엄마는 짐을 보관업체에 맡겨 놓고 보름 가까이 삼촌 집에서 지냈다. 엄마는 진료소와 관련한 교육이나 인수인계로 직장 다닐 때보다 더 바빴다.

대학생 아들만 둘인 큰삼촌과 숙모는 평소에 미르를 많이 귀여워했다. 그런데 엄마 아빠가 이혼한 뒤론 미르 눈치를 보며 조심스러워했다. 사촌 오빠들은 티를 내지는 않았지만 작은오빠는 전보다 짓궂은 장난을 덜 쳤다. 큰오빠는 미르를 시골로 보내지 말라고 했다.

"고모도 언제까지 거기 있진 않을 거 아니에요. 미르 지금 6학년인데 시골에서 중학교 다니다 다시 전학 오는 것보다 여기서 있는 게 나아요. 나 군대 갈 거니까 내 방 쓰면 되잖아요."

미르는 그 말에 솔깃했다. 엄마와 단둘이 낯선 곳에 가고 싶지 않았다. 무엇보다 삼촌 집에서 지내면 아빠도 자주 만날 수 있다. 미르는 엄마 아빠가 헤어진 이유는 몰랐지만 이혼을 원한 쪽이 엄마라는 사실은 알고 있었다.

"공부는 어디서든 저 하기 나름이야. 지금은 미르 네가 엄마 곁에 있어 줘야 한다."

큰삼촌이 단호하게 말했다.

"그래. 엄마가 버티는 건 다 너 때문이야."

숙모도 거들었다. 삼촌은 미르가 곁에 없으면 무슨 일이라도 생길 것처럼 말했지만 활기찬 엄마 모습을 보니 혼자서도 잘 살 것 같았다. 새삼스레 마음이 부글부글 끓어오르며, 지금 일어나는 어이없는 일들이 모두 엄마 때문이라는 생각이 들었다.

'삼촌 따라 다시 돌아가겠다고 할까.'

잠깐 지내는 건 몰라도 큰삼촌 집에서 살며 학교를 다니는 건 아무래도 불편한 일이다. 작업실에서 지낼 거라는 아빠도 미르를 데리고 있을 형편이 못 됐다. 하지만 억지를 부려서라도 돌아가고 싶었다. 엄마를 속상하게 만들고, 엄마 가슴에도 상처를 내고 싶었다.

미르는 차에서 내렸다. 느티나무의 굵은 가지 몇 개는 깁스용 팔걸이 같은 줄로 지탱하고 있었다. 미르는 가지 끝에 얹힌 새집조차 위태로워 보이는 나무에 새잎이 돋는 걸 상상할 수 없었다. 나무는 영원히 봄을 맞지 못할 것 같았다. 엄마 말에 기대를 품었던 것도 아닌데 속은 느낌이었다. 달밭마을에서의 생활도 저 느티나무처럼 겨울을 벗어나지 못할 것 같았다.

삼촌이 미르에게 손짓했다. 가까이 갈수록 더 우람해진 나무는 둥치 곁에 서자 고개를 있는 힘껏 젖혀도 전체를 볼 수 없었다. 느티나무의 가지들이 수백, 수천 개로 조각내 놓은 하늘이 보였다. 미르의 가슴도 그렇게 조각난 것 같았다. 미르는 시선을 아래로 돌렸다. 느티나무 아래 서 있는 안내

판이 눈에 들어왔다.

　　수령 : 500세
　　둘레 : 3.5미터
　　높이 : 20미터
　　본 나무는 군 보호수로서……

　"대단하지? 이 뿌리들 좀 봐라."
　삼촌이 바닥을 가리켰다. 웬만한 통나무 굵기의 뿌리들이
꿈틀대며 땅에 묻히거나 밖으로 드러난 채 뻗어 있었다.
　"여름이 돼서 잎이 무성해지면 굉장할 것 같지? 봄에
는……."
　미르는 삼촌 말이 자기를 구슬리려는 것처럼 들렸다.
　"저 삼촌 따라서 서울 가면 안 돼요?"
　미르가 삼촌의 말을 끊고 물었다.
　"엄마 혼자 두고?"
　큰삼촌은 막냇동생 걱정뿐이다. 혼자인 사람은 엄마가 아
니라 미르, 자신인 것 같다.
　"엄만 나 없어도 잘 살 것 같은데요, 뭐."
　미르는 느티나무 뿌리를 툭툭 걷어찼다.

"그렇지 않아. 엄만 지금 너 때문에 버티고 있는 거야. 네가 더 크면 엄마 마음을 알게 될 거다."

조금 전까지는 엄마 보호자 노릇을 하라고 하더니 이젠 뭘 모르는 아이 취급을 한다. 미르는 어른들 마음대로 이랬다저랬다 하는 게 화났다.

"누가 이혼하랬어요? 엄마가 원해서 헤어진 거잖아요."

미르가 쏘듯이 말했다.

"지금은 어른들 일을 다 이해하기 어렵겠지만 언젠가 알게 될 거야. 이제 그만 안으로 들어가 봐라."

삼촌이 한숨을 쉬며 말했다.

미르가 이혼 이유를 물었지만 엄마는 말해 주지 않았고, 아빠는 자기 잘못이라고 했다. 또 친구에게 돈을 떼였거나, 엄마 몰래 비싼 카메라를 산 모양이었다. 미르는 이혼을 당하고 집도 없이 작업실에서 살게 된 아빠가 오히려 불쌍했다. 그런데도 아빠는 미안해하며 미르를 걱정했다. 아빠를 다시 보려면 여름 방학 때까지 기다려야 한다. 미르는 마구 소리 지르고 싶은 걸 누르며 벌떡 일어섰다.

주먹코 메기입 아저씨

트럭 화물칸은 빠르게 비어 갔다. 미르가 이곳에서 살게 될 시간도 그만큼 빠르게 다가오고 있다. 일하는 아저씨와 이야기를 나누며 나오던 엄마가 측백나무 울타리 곁에 서 있는 미르를 보곤 말했다.

"미르야, 저 방이 네 방이야. 짐들 맘에 들게 놓였나 들어가 봐."

엄마가 마당 쪽으로 난 창문을 가리키며 말했다. 방 따윈 아무래도 상관없다. 세 식구 중 한 사람이 빠진 생활은 바퀴한 개가 빠진 세발자전거처럼, 나사가 빠진 물건처럼 불안정하거나 덜거덕거릴 거다. 그런 생활에 책상이나 침대쯤 마음에 안 드는 곳에 놓인들 어떠랴 싶었다. 하지만 혼자 있을 곳이 필요했다. 밖은 춥고 차 안은 갑갑했다. 엄마 편만 드는 삼촌과 같이 있는 것도 싫고 엄마를 대하는 건 더 싫었다. 미르는 방문을 걸어 잠근 채 혼자 있고 싶었다.

울타리 사이의 낮은 나무문을 들어서면 정사각형 보도블록이 깔린 마당이었다. 넓지 않은 마당 가장자리 화단엔 시든 채 말라붙은 식물들이 서 있어 썰렁해 보였다. 삼촌이 마당 한구석에 있는 작은 창고 안을 살피고 있었다.

현관을 들어서자 벽에 큰 거울이 걸린 작은 공간이 있었다. 오른쪽에 있는 미닫이문이 진료실 문이고, 왼쪽의 여닫이문이 살림집 문이다. 미르는 열린 살림집 앞에서 멈칫하고 섰다. 안으로 들어서면 영원히 나오지 못할 것 같았다.

"소장님 딸인가 보네. 바닥 닦았으니까 신발 벗고 들어와."

걸레를 든 할머니가 화장실에서 나오다 미르를 보고 말했다. 다른 할머니는 주방에서 뭔가를 하고 있었다. 미르는 신을 벗고 거실로 들어섰다. 방 두 개와 화장실, 주방과 거실로 이루어져 있었다. 아빠와 함께 살던 집보다 방이 하나 적었지만 더 좁아 보이지는 않았다.

자기 방으로 들어가려던 미르는 주춤하고 섰다. 아까 엄마가 인사시켰던 아저씨가 컴퓨터 책상 아래로 머리를 들이민 채 무언가를 하고 있었다. 발뒤꿈치 위에 올려져 있는 펑

퍼짐한 엉덩이와 함께 한쪽 양말 뒤꿈치에 구멍 난 게 보였다. 책상 밑에서 몸을 빼던 아저씨가 쿵 하고 머리를 받았다. 미르는 자기도 모르게 킥 하고 웃었다. 돌아다본 아저씨가 부딪친 머리를 만지며 멋쩍은 미소를 지었다.

"컴퓨터 설치했는데 프린터 되는지 확인해 봐라."

미르는 컴퓨터를 켜는 대신 주머니에 손을 넣은 채 침대에 털썩 앉았다. 깜짝 놀랐다는 듯 침대가 출렁거렸다.

"이 방엔 처음 들어와 보는데 느티나무가 훤히 보이는 게 전망이 좋네. 이름이 뭐라고 했지?"

아저씨가 물었다.

"……미르요. 강미르."

미르는 마지못해 대꾸했다. 무슨 뜻이냐고 묻겠지.

"미르? 용이란 뜻의 미르 말이냐?"

아저씨가 돌아보았다. 뜻밖이었다. 미르는 지금까지 자기 이름의 뜻을 단번에 아는 사람을 만난 적이 거의 없었다. 미르는 고개를 끄덕였다.

"엄마가 널 가졌을 때 할머니가 태몽을 꾸었는데 용꿈이 었어. 아빠하고 엄마가 너 태어나기도 전부터 이름 짓느라고 얼마나 고심했는지 알아? 네 엄마가 그 이름 짓고 얼마나 좋아했는데."

'미루나무 꼭대기에~.'로 시작되는 노래 때문에 아이들에게 종종 놀림받던 미르가 투정을 부리자 아빠가 들려준 이야기다. 미르는 그 뒤로 자기 이름을 좋아하게 되었다.

"우리 바우도 너처럼 한글 이름이야. 같은 학년이니까 앞으로 친하게 지내라."

아저씨가 말했다. 엄마가 미르 나이를 말한 모양이었다. 바우라는 이름을 듣자 평퍼짐한 아저씨를 줄여 놓은 아이 모습이 그려졌다. 친해질 일은 절대로 없을 거다. 바우뿐 아니라 다른 아이들도 마찬가지다. 이곳의 그 어떤 것에도 마음을 주지 않을 테니까.

"프린터 잘 되는지 내가 확인해 볼까?"

미르가 고개를 끄덕이자 아저씨는 컴퓨터를 켜고 문서를 출력했다.

"잘 되네. 인터넷 연결은 이따 통신사에서 와서 해 줄 거야."

평범해 보이는 시골 아저씨가 미르란 뜻도 알고, 컴퓨터도 척척 다루자 살짝 다시 보였다. 거실에 있던 할머니들이 미르 방을 기웃거렸다.

"그런데 소장님 남편은 언제 오신대? 밖에 있는 양반은 친정 오라버니라는데."

주스 쟁반을 들고 미르 방으로 오던 엄마가 할머니들 뒤에서 멈칫하고 섰다.

"우리 아빠 없어요."

미르는 할머니들 너머로 엄마를 바라보며 말했다. 엄마 얼굴이 굳어졌다. 침대에서 일어나 책상 앞으로 간 미르는 서랍을 열고 액자를 꺼냈다. 작년에 스키장에 가서 찍은 가족사진이었다. 찌푸린 엄마 얼굴은 이미 앞날을 알고 있었던 것 같다. 자세히 보니 미르의 성화에 못 견뎌 엄마와 어깨동무를 한 아빠 표정도 어색했다. 가운데 서서 엄마와 아빠의 허리를 껴안은 미르만이 활짝 웃고 있을 뿐이다. 요즘 들어 세 사람이 함께 찍은 사진은 그게 다였다.

"우리 아빤 일 때문에 외국에 갔어요."

미르는 말했다. 왜 그런 거짓말을 했는지 스스로도 알 수 없었다. 엄마 아빠의 이혼을 인정하지 않는다는 걸 엄마에게 보여 주고 싶어서였을까. 아니면 남들에게 부모가 헤어진 걸 알리기 싫어서였을까.

"짐에 남자 물건이 안 보여서 이상하다 했는데 그랬구먼. 그럼 진료소엔 두 식구만 사는 건가?"

다른 할머니가 물었다. 남의 집 일에 지나친 관심을 보이는 건 실례다. 미르는 대답하지 않았다. 엄마가 말하던 시골의 정이 이런 거라면 벌써부터 피곤한 기분이었다.

"먼저 있던 소장은 출퇴근을 했었는데 이번 소장님은 사택에서 사니까 든든하네."

"그래. 이젠 한밤중에 아퍼도 걱정 없겠어."

진료소가 응급실인 줄 아나. 할머니들에게 쏘아붙이고 싶은 걸 참는데 아저씨가 웃으며 말했다.

"그렇다고 안방 드나들 듯 아무 때나 찾아오시면 안 돼요."

뭘 좀 아시네. 아저씨에 대한 호감 지수가 조금 상승한 미르가 말했다.

"아저씨, 액자 걸게 못 좀 박아 주세요."

"미르야, 그런 건 엄마가 해도 돼. 어르신, 주스 좀 드세요. 그리고 몸 안 좋으면 아무 때나 오셔도 돼요."

할머니들 뒤에 서 있던 엄마가 나서며 말했다. 미르는 엄마 말을 무시하듯 액자를 아저씨에게 건넸다. 아저씨가 공구함에서 망치와 못을 꺼내 들곤 물었다.

"어디에 걸고 싶어?"

미르는 침대 옆 벽을 가리켰다. 아저씨는 미르가 원하는 곳에 못질을 시작했다. 튕겨 나간 못이 바닥 어딘가로 떨어져 보이지 않았다. 아저씨가 그냥 두면 위험하다며 엎드려 못을 찾는데 구멍 난 양말 뒤꿈치가 다시 드러났다.

"아이고, 누가 홀아비 아니랄까 봐 바우 아버지 양말 빵꾸

난 것 좀 봐."

한 할머니가 웃으며 말했다. 홀아비라고? 어쩐지, 무슨 속셈이 있어서 친절했던 거야. 아저씨는 미르가 6학년에 올라가는 걸 알고 있었다. 엄마가 자기 이혼한 이야기도 했을 것 같다. 조금 생겼던 호감이 싹 사라졌다.

"그러게 중매 좀 서시라니까요. 홀아비 신세 좀 면하게요."

아저씨가 능청스럽게 받아넘기며 다시 탕탕 못질을 했다.

"말은 쉽게 하네. 아직도 바우 엄마 못 잊어서 날마다 산소 앞에 가서 앉아 있는 사람이……."

"누가 못 잊어서 가나요? 그저 습관이 돼서 가는 거지요."

엄마 들으라고 하는 말 같았다.

"다 됐다. 액자 다오."

미르는 아저씨가 내민 손을 무시하며 액자를 들고 벽으로 갔다. 그런데 못이 높았다. 까치발을 떠도 닿지 않아 미르는 의자를 돌아다봤다. 순간 몸이 슈웅, 솟구쳤다. 아저씨가 미르를 번쩍 안아 올린 거다.

"누가 올려 달랬어요? 내려 주세요."

미르가 팩하고 쏘아붙이듯 말했지만 아저씨가 웃음기 밴 목소리로 대꾸했다.

"얼른 걸어."

미르는 얼굴을 잔뜩 찌푸린 채 액자를 걸었다. 바닥으로 내려선 미르는 아저씨를 힘껏 째려보았다. 아저씨는 아는지 모르는지 책상 위에 올려놓은 주스 잔을 들어 꿀꺽꿀꺽 마시곤 연장을 챙겼다.

"이젠 다 된 것 같으니 전 그만 가 보겠습니다. 미르야, 또 보자."

아저씨가 성큼성큼 방을 나갔다.

이삿짐 차는 물론 동네 사람들도 다 돌아갔다. 삼촌은 늦게까지 남아 어디 헐거운 데나 덜컹거리는 곳은 없는지 문짝을 흔들어 보기도 하고, 이곳저곳을 두드려 보며 집 안팎을 살폈다.

"오빠, 늦기 전에 그만 올라가요. 언니 걱정하겠어."

엄마가 몇 번이나 채근해서야 삼촌은 걱정 가득한 얼굴로 집을 나섰다.

"어려운 일 있거든 아무 때고 연락해라."

말에도 무거운 마음이 실려 있었다.

"그럴게. 이제 내 걱정은 그만해요."

차에 오르기 전에 삼촌은 미르를 바라보았다.

'미르야, 네 옆엔 엄마뿐이야. 엄마한테 잘해야 한다.'

삼촌의 눈빛이 그렇게 말하고 있었다.

삼촌 차가 모퉁이를 돌아 사라질 때까지 느티나무 아래에 서 있던 미르와 엄마는 달빛에 비친 나무 그림자를 밟으며 집 안으로 들어갔다. 거실로 들어선 미르는 이제 엄마와 단둘이 됐다는 게 실감 났다.

"오늘 밤은 딸이랑 같이 자고 싶은데."

엄마가 말했다. 미르는 아빠 물건이라곤 하나도 없는 집 안을 둘러보았다. 엄마는 아빠가 없어도 아무렇지 않아 보였다.

"엄만 이 시골구석이 뭐가 그렇게 좋아?"

미르는 대답 대신 하루 내내 목에 가시처럼 걸려 있던 말을 토해 냈다.

"미르야."

엄마가 다가서며 미르의 손을 잡았다.

"당장은 낯설겠지만 개학해서 친구도 사귀고 하면 너도 여기가 좋아질 거야. 우리, 전에 늘 말했잖아. 나중에 공기 맑은 시골에 가서 살자고. 우리 꿈이 빨리 이루어진 거라고 생각해."

그건 엄마 꿈이었다. 종합병원 간호사였던 엄마는 언젠가는 시골 진료소에 가서 일하고 싶다고 입버릇처럼 말하곤 했다. 농어촌 진료소엔 사택이 있는 곳이 많아 가족이 함께 가서 살 수 있다면서. 평소에도 사진 찍으러 전국을 다니는 아빠는 대찬성이었다.

"난 싫어. 나 대학 가면 그때 가든지 해."

그때마다 미르는 반대의 뜻을 분명히 했다.

"난 그런 꿈 가져 본 적 없어."

엄마의 손을 뿌리친 미르는 쿵쾅거리며 자기 방 앞으로 갔다. 여기가 그렇게 싫으면 나도 널 받아들이고 싶지 않아. 닫힌 방문이 가로막는 것 같았다. 멈칫했던 미르는 엄마의 눈길을 느끼곤 손잡이를 돌렸다. 문을 열면 방 안의 모든 물건들이 돌아앉아 있을 것만 같았다.

조심스레 문을 연 순간 달빛에 실려 들어온 나무 그림자가 먼저 손을 내밀었다. 천장에도, 벽에도, 침대 위까지도 느티나무는 자기 무늬를 그려 놓고 있었다. 가지 그림자 하나가 슬며시 미르의 마음을 이끌었다. 미르는 자신도 모르게 창가로 다가갔다. 느티나무는 달빛을 받아 가지마다 다른 색을 띠며 서 있었다. 가지를 건 밧줄조차 나무의 일부로 보였다.

'오백 살이라고?'

이제 열세 살인 미르는 얼마큼 오래 살아야 오백 살이란 나이를 먹을 수 있는 건지 가늠조차 되지 않았다. 그 세월 동안 한 자리에 붙박인 채 서 있었을 걸 생각하자 가지 하나하나가 나무가 겪은 일 같아 보였다. 그러자 지금 벌어진 일이 그렇게 큰일은 아니라는 생각이 얼핏 스쳐 갔다.

달밭마을 아이들

짐 정리를 마치자마자 엄마는 일에 매달렸다. 진료소는 환자 진료나 치료뿐 아니라 노인들이 대부분인 지역 주민들의 건강 관리까지 맡았다. 병원에서 일할 때 엄마는 종종 야간 근무를 했다. 그땐 다른 애들처럼 엄마가 밤에 집에 있길 바랐는데, 24시간 함께 있어도 온전히 미르 차지가 아닌 건 여전했다.

정해진 진료 시간이 있었지만 현관문에 매달린 종은 시도 때도 없이 딸그랑거렸다.

"사람들이 기본 예의가 없어. 남의 집에 아무 때나 쳐들어오고."

늦어진 점심상 앞에서 미르가 투덜거렸다.

"여긴 우리 개인 집이 아니라 진료소잖아. 병원이나 약국에 가려고 해도 면이나 멀리 떨어진 시내까지 나가야 돼. 진료소는 그래서 있는 거야. 엄마는 주민들이 다 병원으로 가고 진료소에 안 오면 어떡하나 걱정했는데, 찾아와 주는 게 얼마나 고마운지 모르겠다."

엄마의 얼굴은 편안해 보였다. 간혹 그늘이 드리워지는 건 미르를 볼 때뿐이었다.

"별게 다 고맙네."

엄마는 아빠와 이혼하면서 뭐든지 고마워하기로 작정했나 보다. 좀 더 일찍 그런 마음을 가졌으면 아빠와 헤어지도 않았을 텐데. 미르는 숟가락을 팽개치듯 놓다가 슬쩍 엄마 눈치를 보았다. 언제나 엄한 쪽은 아빠보다 엄마였다. 그런데 엄마는 아무 말도 하지 않았다.

미르는 일부러 쿨럭쿨럭 소리 내 물을 마시고는 방으로 들어갔다. 책상 앞에 털썩 앉았지만 아직 어떤 것도 내키지 않았다. 스마트폰이라도 있다면 시간 때우기가 좋을 텐데 미르의 휴대폰은 인터넷이 안 된다. 중독으로 병원 치료를 받는 아이 이야기에 스마트폰은 중학생 때 사기로 약속한 게 후회스러웠다. 컴퓨터로 해도 되지만 친구들과 연락을 끊자 게임을 하거나 웹툰을 보는 것도 시들했다.

창가에 서서 느티나무를 바라보던 미르는 옷장을 열고 베이지색 점퍼를 꺼내 입었다. 한 면은 뽀글뽀글한 털로 돼 있고, 뒤집으면 패딩 점퍼가 되는 옷은 아빠가 지난 크리스마스에 사 준 거다. 엄마는 때 탄다고 못마땅해했지만 미르는 색도 디자인도 다 마음에 들었다. 평소에도 엄마가 사 주는 옷보다 아빠가 골라 준 게 더 예뻤다.

미르는 신을 신으며 진료실 쪽을 보았다. 말없이 나가면 엄마가 걱정할 텐데 하는 생각이 스쳤지만 오히려 그래서 알리고 싶지 않았다. 유리로 된 현관문을 열려던 미르는 웬 여자애가 밖에서 거세게 잡아당기는 바람에 균형을 잃고 비틀거렸다. 종소리가 호들갑스레 딸그랑거렸다. 미르는 짜증스러운 눈초리로 여자애를 바라봤지만 그 애는 미르의 감정따윈 알 바 아니라는 듯 다급한 목소리로 물었다.

"소장님 계시니?"

정신이 하나도 없어 보였다. 어디 아픈가? 아니면 가족이 아픈가? 미르는 조심하라고 쏘아붙이고 싶은 걸 참고 진료실 쪽을 고갯짓으로 가리켰다.

여자애와 엇갈려 밖으로 나온 미르는 느티나무 아래로 가 둥치에 몸을 기댔다. 처음엔 써늘하더니 차츰 따뜻해졌다. 엄마조차 남처럼 서먹하게 여겨지는 동네에서 마음 편히 기댈 수 있는 곳은 느티나무뿐인 것 같았다.

　미르는 우두커니 서서 엄마와 여자애가 있을 진료실을 바라보았다. 딸에게는 큰 상처를 줘 놓고, 다른 아이 아픈 건 친절하게 봐주는 엄마 모습을 상상하자 심사가 뒤틀렸다. 미르는 자신이 세상에서 가장 외롭고 아픈 모습으로 쓸쓸하게 서 있는 걸 엄마가 봤으면 좋겠다고 생각했다.

　'난 절대로 행복해지지 않을 거야. 날 아빠 없는 아이로 만들어 버린 엄마도 나만큼 힘들어야 돼.'

　미르는 아무 일도 없는 것처럼 아니, 예전보다 더 활기차게 사는 엄마를 용서할 수 없었다.

　자지러지는 듯한 종소리와 함께 진료소 문이 벌컥 열렸다. 가운을 입고 가방을 든 엄마와 여자아이가 뛰어나왔다. 아까는 얼결에 맞닥뜨려 몰랐는데 멀찌감치에서 보니 아이는 빼빼 마르고 키가 컸다. 그리고 미르와 또래로 보였다.

　작은 마당을 몇 걸음에 빠져나온 엄마는 느티나무에 기대서 있는 미르를 보지 못하고 지나쳤다. 여자아이의 눈길이 멈칫하며 자신에게 와 머무르자 미르는 고개를 휙 돌렸다. 쓸쓸한 모습은 엄마에게만 보이고 싶은 거지 시골 아이에게까지 보이려는 건 아니다.

　두 사람은 진료소 앞 큰길에서 왼쪽으로 갈라진 비탈길로 사라졌다. 월전 1리인 달밭마을은 큰길보다 지대가 낮은 곳에 자리하고 있었다. 진료소 뒷마당에서 내려다보이는 덕에 미르는 마을이 어떻게 생겼는지 알았다. 멋진 전원주택과는 거리가 먼 집들, 지저분한 마을 길, 텅 빈 채 스산해 보이는 논과 밭들……. 엄마가 흥분해서 말하던 달밭이라는 예쁜 이름이 아까워 보이는 동네였다. 진료소가 그런 마을 안이 아니라 따로 떨어져 있는 게 다행스러웠다.

미르는 아빠가 너무 그리웠다. 이곳에서 살기 싫다고, 데려가 달라고 아빠한테 조르고 싶었다. 아빠는 사진작가이다. 대기업 홍보부에 다니다가 미르가 학교에 입학할 무렵 그만두었다. 자유롭게 작품 활동을 하기 위해서라고 했다. 아빠는 사진을 찍으러 나가서 며칠씩 집을 비울 때가 많았다. 하지만 집에 돌아오면 미르에게 깜짝 파티를 열어 주거나, 식당에서 사 먹는 것보다 더 맛있는 음식을 만들어 주곤 했다. 그러면 서운함이 눈 녹듯 사라졌고, 아빠가 집에 있는 동안 풍선을 띄운 기분으로 지낼 수 있었다. 처음엔 함께 그 분위기를 즐기던 엄마가 언제부턴가 빠지기 시작했다. 그렇다. 먼저 변한 건 엄마다.

아빠 목소리라도 듣고 싶었지만 전화를 받지 않았다. 전화를 걸기 전보다 더 허전해진 미르는 느티나무에 기댔던 몸을 일으켰다. 갈 데는 없었지만 아직 낯선 집에 혼자 있고 싶지 않았다. 미르는 이사 온 뒤 처음으로 큰길로 나섰다. 큰길이라고 해 봐야 차 두 대가 엇갈려 지날 수 있을 만한 도로였다.

미르는 길을 따라 걷기 시작했다. 처음엔 무작정 나섰는데 학교까지 가 보자는 생각이 들었다. 학교 주변은 달밭마을보다는 번화할 거다. 며칠을 진료소 사택에만 박혀 지내다 보니 문구점이나 마트 구경이라도 하고 싶었다.

학교까지 30분 걸린다고 했던 것 같다. 엄마와 숙모가 하는 이야기를 들었을 때 미르는 먼 거리라고 생각하지 않았다. 이사 오기 전 집 근처 학교에 다녔는데, 친구들을 만나 문구점에 들르거나 장난치며 걷다 보면 30분은 금방 지나갔다. 하지만 혼자 걷는 시골길은 서울의 등굣길과 달랐다. 우선 아이들이 없었다. 가끔 차들만 지나갈 뿐 사람이 보이지 않았다.

길 양옆으로 벼 그루터기만 남은 논이나 밭이 펼쳐져 있었다. 이사 오던 날 지나온 길인데도 그날의 기분만 생각날 뿐 주변 풍경은 처음인 듯 낯설었다. 마음을 닫고 있으면 보이지도 않는 모양이다. 빈 들판을 달려와 몸을 휘감는 바람이 차가웠다. 드문드문 만나는 집들은 허름했다. 간혹 새로 지은 집도 있었지만 주위의 헛간이나 축사들로 해서 지저분해 보이기는 마찬가지였다.

미르는 그동안 젖소들은 으레 하얀 나무 울타리가 둘러쳐진 초원에서 한가로이 풀을 뜯고 있을 줄 알았다. 그 풍경 속엔 빨간 지붕을 한 그림 같은 집과 초원을 신나게 뛰노는 아이들이 있었다. 하지만 눈앞의 젖소들은 쇠막대 울타리에 갇힌 채 시멘트 바닥 위에 서 있었고, 한 옆엔 똥 무더기가 쌓여 있었다. 예쁜 집과 뛰노는 아이들은 눈 씻고 봐도 없는 길을 미르 혼자 터덜터덜 걷고 있을 뿐이다.

혼자 걷는 길은 지루했고 학교가 나올 기미도 보이지 않았다. 찬 바람에 뺨이 시렸다. 날마다 이 길을 걸어서 학교에 다녀야 한다고 생각하니 암울해졌다. 집에 있던 차는 이혼하면서 아빠가 가졌다. 미르는 이제 아빠도 없고 차도 없는 집 아이가 됐다.

"당장 차가 필요하지 않겠어? 진료 다니고, 미르 학교도 태워 주고 하려면."

이사 오던 날 삼촌이 말했다. 엄마는 학교까지 30분 정도는 걸어 다녀도 괜찮다고 했다.

"중고 오토바이 알아봐 달라고 부탁해 놨어요. 차 사는 건 우선 오토바이 타고 다니면서 여기 사정 익힌 다음에 결정하려고."

"오토바이 위험하잖아."

삼촌이 걱정스러운 얼굴을 했다.

"오빠, 내가 한때 바이크 동호회 회원이었던 거 잊었어?"

엄마가 웃으며 말했다.

"잊기는. 오토바이로 전국 일주한다고 했다가 아버지한테 쫓겨날 뻔했잖아."

삼촌도 옛날 생각이 나는지 웃음 섞인 목소리로 대꾸했다.

진료소에서 일하고 싶다던 꿈을 이룬 엄마는 오토바이까지 타고 다니며 신나게 살 모양이다. 미르는 우뚝 멈춰 섰다. 학교 동네에 가 보고 싶은 마음이 사라졌다. 집으로 되돌아가는 것도 싫기는 마찬가지였다.

길 한가운데 우두커니 서 있는데 뒤에서 자전거 경적이 짧게 울렸다. 미르는 한옆으로 비켜서며 돌아다보았다. 감색 비니를 눈썹 위까지 눌러쓴 남자아이가 미르를 힐끗 보고는 지나쳤다. 아주 짧은 순간 눈이 마주쳤는데 왠지 낯익은 느낌이었다. 혹시 홀아비 아저씨 아들? 바우라고 했던 것 같다. 미르는 고개를 저었다. 자전거를 탄 아이는 홀아비 아저씨와 조금도 닮지 않았고, 얄쌍한 모습이 바우라는 이름하고도 어울리지 않았다. 중학생 같지는 않으니 이 근처에 사는 아이라면 한 학교에 다니게 될 것이다.

자전거는 곧 오른쪽 산과 이어진 야트막한 고개를 넘어 사라졌다. 고개 너머에 뭐가 있을지 다시 호기심이 피어올랐다. 저 애 때문이 아니야. 원래 가 보려고 했어. 미르는 한결 가벼워진 발걸음을 떼어 놓았다.

고갯마루에서 이어진 길은 곧 두 갈래 길로 나뉘었다. 왼쪽 길 위에 자전거를 탄 남자애가 보였다. 학교는 오른쪽 길로 가야 했다. 추측대로 학교 주변은 지나쳐 온 마을들보다는 번화해 보였다. 미르는 남자아이의 모습이 멀어지는 왼쪽 길을 바라보다 오른쪽으로 방향을 잡았다.

학교 앞에 우체국이 있었다. 기대했던 가게는 두 개밖에 없었다. 하나는 문구점이고 하나는 작은 마트였다. 학교만 이 층일 뿐 나머지는 모두 단층 건물이었다. 미르는 가게에 들어가 초코 과자를 하나 샀다. 한옆에 탁자가 놓여 있었다. 그곳에 앉아 컵라면을 먹고 있는 자기 모습을 상상하자 고개가 절로 저어졌다.

"누구네 집에 온 손님인가, 못 보던 얼굴이네."

과자를 계산대에 내려놓자 아주머니가 말했다.

"월전 진료소에 살아요."

"아, 새로 오신 진료소장님 딸이구나."

앞집 사람과도 잘 모르고 지내던 생활에 익숙한 미르는 사람들의 관심이 부담스러웠다. 미르는 과자를 집어 들고 얼른 가게를 나왔다.

월전 초등학교 교문은 작은 쪽만 열려 있었다. 미르는 망설이다 안으로 들어갔다. 학교가 궁금해서라기보다 할 게 없어서였다. 교문 옆에는 둥치 굽은 소나무 두 그루가 서 있었고, 학교 건물은 운동장보다 높은 곳에 자리했다. 건물로 올라가는 계단 옆 비탈 화단엔 동글동글하게 다듬은 나무들과 책 읽는 소녀상, 기린, 돌고래 같은 조각상들이 놓여 있었다. 창문에 적힌 학년 표시를 보니 한 학년에 한 반씩뿐이었다. 미르가 전에 다녔던 학교는 학년마다 6반까지 있었다.

교실이 궁금해진 미르는 계단을 올라갔지만 중앙 현관문은 잠겨 있었다. 1학년 교실 창문으로 가서 까치발을 하고 들여다보니 둥근 책상이 네 개 보였다. 한 학년에 스무 명도 안 되는 모양이다. 6학년 교실은 2층이지만 안 봐도 알 것 같았다. 1학년부터 6학년까지 계속 같은 아이들과 생활해야 하다니. 싫은 아이라도 있으면 학교가 아니라 지옥일 텐데 일 년만 다니면 되는 게 다행이다. 아니, 졸업하기 전에 다시 서울로 갈 거야. 엄마가 돌아갈 수밖에 없게끔 만들 거다. 그래도 안 간다면 혼자라도 갈 거다.

다짐하며 돌아서던 미르의 시선이 한곳에 멈췄다. 아까 그 남자애가 운동장에 있었다. 미르는 얼른 키 큰 향나무 뒤로 몸을 숨겼다. 남자애는 자신과 한 몸인 것처럼 자전거를 잘 탔다. 미르는 인라인스케이트는 제법 타는데 자전거는 안장 위에 올라앉는 것 자체가 무서웠다.

"인라인스케이트를 탈 줄 알면 자전거도 쉽게 배울 수 있어."

아빠는 딸과 자전거 하이킹을 가는 게 소원이었는데 미르는 끝내 자전거를 배우지 못했다.

남자아이는 누군가 보고 있다는 걸 모르는 듯 굴러가는 자전거 위에서 팔을 날개처럼 양쪽으로 펼치기도 하고 다리를 양옆으로 벌리기도 했다. 그러다가 그보다 더 빠를 수 없을 정도로 쌩쌩 달리며 미끄러지듯이 코너를 돌았다.

미르는 활기차게 움직이는 그 아이가 어쩐지 신나거나 즐거워 보이지 않았다. 이상했다. 내 마음 때문일까. 이 세상 무엇이든 눈이 먼저 보는 건 없는 것 같았다. 아니, 눈이 먼저 보더라도 그것을 받아들이는 건 마음이다. 내 기분이 좋았으면 저 아이도 신나 보였을까. 남자애는 나뭇가지에 혼자 앉아 있는 새처럼 외로워 보였다. 미르, 자신의 모습이기도 했다.

남자아이는 운동장을 몇 바퀴 더 돌다가 갑자기 휙 하고 작은 교문을 빠져나갔다. 아이가 사라지자 미르는 빈 가지에 혼자 남겨진 것 같았다.

봄눈

회색 물감으로 칠해 놓은 것 같은 하늘이 낮게 드리워져 있었다. 낮인데도 저녁 같은 날씨에 미르의 기분도 잔뜩 가라앉았다. 구름이 걷히고 햇빛이나 달빛, 별빛이 세상을 비추는 일은 일어나지 않을 것 같았다. 마음속 구름이 벗겨져 기분이 환해지는 일도 마찬가지였다.

미르는 점심을 먹고 난 뒤에도 침대에 누워 있었다. 지유와 민서의 SNS를 보는 게 아니었다. 그 애들은 벌써 미르를 잊은 듯 잘 지내고 있었다. 자기가 먼저 연락을 끊었으면서도 아이들이 못내 서운했다.

노크 소리에 이어 엄마가 문을 열고 고개를 디밀었다.

"모레 개학인데 준비할 거 없어?"

"없어."

미르는 엄마를 외면한 채 대답했다. 전 학교에서 6학년 교과서를 받아 왔지만 한 번도 펴 보지 않았다. 공부를 잘하고 싶은 마음도 없었다.

"너 지금 컴퓨터 안 쓸 거지? 엄마 좀 쓰자."

"진료소 거 있잖아."

컴퓨터는 떨어져 살게 된 미르에게 아빠가 새로 사 준 것이다. 원하는 걸 묻는 아빠에게 스마트폰을 말했는데 엄마 허락을 받으라고 했다. 엄마는 스마트폰은 중학교에 가서 사기로 한 약속을 이유로 반대했다. 엄마 아빠가 이혼하지 않는 것, 그것도 자식에겐 약속이나 마찬가지다. 부모로서의 약속은 지키지 않으면서 자식에게는 약속을 지키라는 엄마가 어이없었다. 또 싫다고 이혼했으면서 아빠가 사 준 컴퓨터는 쓰려는 엄마가 이기적으로 보였다.

"조금 있다 운영회의 할 자료 출력해야 하는데 진료소 프린터가 잘 안 돼서 그래. 에이에스 불렀는데 내일이나 온다네."

엄마는 허락도 받지 않고 컴퓨터 앞에 앉았다.

"운영 회의 어디서 할 건데?"

미르가 엄마 등에 대고 못마땅한 기색으로 물었다.

"진료소에서 하지. 그때 엄마 심부름 좀 해 줘."

"무슨 심부름?"

할 일이 생긴 걸 좋아해야 하나.

"엄마도 회의에 참석해야 하니까 심부름시킬 일이 있을 거야. 그때 운영 위원들한테 인사 잘해야 돼. 엄만 딸이 버릇 없이 행동하는 거 싫어."

"와, 진짜 어이없다. 엄마도 내가 싫어하는 거 다 하잖아!"

미르가 팩하고 소리를 지르는데 밖에서 차 소리가 들려 왔다.

"어머, 회장님 오셨나 보다."

엄마가 의자에서 벌떡 일어나 밖으로 나갔다. 미르는 자 기 말을 무시당한 것 같아 기분 나쁘면서도 얼결에 창밖을 내다보았다. 진료소 입구에 댄 트럭에서 홀아비 아저씨가 내렸다. 미르 눈이 트럭 보조석에서 멈추었다. 자전거를 타 던 아이가 앉아 있었다. 미르는 얼른 커튼 뒤로 물러섰다. 커 튼의 자잘한 꽃무늬가 하르르 떨렸다.

'홀아비 아저씨 아들이라고?'

자전거를 타던 아이는 아무하고나 능청스레 잘 어울리는 자기 아빠와 조금도 닮지 않았다. 미르는 다시 창밖을 엿보 았다. 감색 비니도, 검정색 패딩 조끼도 사흘 전 그대로였다.

저 애가 홀아비 아저씨의 아들이라면 같은 반이 된다.

밖으로 나간 엄마가 차창을 사이에 두고 그 아이와 무슨 말인가 했는데 들리지 않았다. 미르가 창문을 조금 열었지만 엄마는 아이를 떠나 짐칸에서 무언가를 내리는 홀아비 아저씨에게 가고 있었다.

"고맙습니다, 회장님. 이렇게 자꾸 신세 져서 어떻게 해요."

상자를 안고 성큼성큼 마당으로 들어오는 아저씨 뒤로 엄마가 비닐봉지를 들고 따라오며 말했다.

"신세는요. 나갔던 길인걸요. 면에는 자주 가니까 필요한 거 있으면 앞으로도 주저 말고 말씀만 하세요."

딸랑딸랑. 현관문 열리는 소리에 미르는 얼른 침대로 가 걸터앉았다. 더 가까운 데서 엄마 목소리가 들려왔다.

"바우랑 들어와서 차라도 드시고 가세요."

바우. 이젠 저 아이가 홀아비 아저씨 아들인 걸 인정하는 수밖에 없었다. 미르는 같은 아이를 두고 서로 다른 감정을 느꼈다. 그날 보았던 자전거 타는 아이에게는 왠지 모르게 끌렸지만 홀아비 아저씨의 아들과는 말도 섞고 싶지 않았다. 그런데 이상했다. 자기 아빠도 닮지 않았는데 왜 어디선가 본 것 같았을까. 닮은 연예인이라도 있나? 미르는 머릿속으로 바우와 닮은 사람을 찾아보았다.

"아닙니다. 이따 회의 시간에 맞춰 올 테니 차는 그때 주세요."

미르는 홀아비 아저씨가 그냥 가는 게 다행이면서도 한편으론 실망스러웠다.

잠시 뒤 방문이 열리며 향긋한 귤 냄새가 먼저 방 안에 퍼졌다. 엄마가 주황빛 귤이 담긴 바구니를 들고 들어왔다.

"노크하랬잖아."

미르가 소리쳤다. 엄마만 보면 짜증이 치밀었다.

"미안. 귤 좀 먹어 봐."

엄마는 영혼 없는 사과를 하곤 침대 위에 바구니를 내려놓으며 그 옆에 앉았다. 미르가 못 본 척하자 엄마는 귤을 까서 미르 입에 대 주었다. 새콤달콤한 냄새에 침이 고인 미르는 자기도 모르게 귤을 받아먹었다. 귤을 먹으면서도 머릿속은 바우가 낯익은 이유를 찾고 있었다.

"트럭에 탄 애, 홀아비 아저씨 아들 맞아?"

미르는 참지 못하고 엄마에게 물었다.

"얘는 홀아비 아저씨가 뭐야? 앞으론 회장님이라고 불러. 그냥 아저씨라고 부르든지."

엄마는 대답 대신 미르를 나무랐다.

"아무튼 그 아저씨랑 같이 온 애, 아들 맞냐고."

"그래. 아빠랑 하나도 안 닮았지? 엄마를 닮았나 봐."

이사 오던 날 할머니들이 하던 이야기가 기억났다. 아저씨는 날마다 바우 엄마 산소에 간다고 했다. 온갖 묘기를 부리며 자전거를 타던 그 아이의 모습이 조금도 즐거워 보이지 않았던 이유를 알 것 같았다.

"그러고 보니 우리 동네에 네 또래가 둘이나 있네."

엄마는 미르가 군말 없이 받아먹는 게 좋은지 귤을 계속 까서 입에 넣어 주었다.

"또 누가 있는데?"

양 볼이 불룩한 채 미르가 물었다.

"소희라고, 어제 너 없을 때 왔었는데 걔도 6학년이야."

나 없을 때라고? 미르는 소희를 보았다. 소희도 미르를 보았다. 미르가 그때 어떤 마음으로 느티나무 아래에 서 있었는지 엄마만 몰랐다. 뾰족한 게 가슴에서 치미는 순간 느티나무 아래에 서 있는 자신을 보고 멈칫하던 소희의 눈빛이 떠올랐다. 아, 맞아! 그래, 그 눈빛이 닮았어. 바우랑 소희랑. 그래서 바우가 낯익었던 거다. 같은 학년이니 남매는 아니다.

"둘이 친척이야?"

"누구? 바우랑 소희?"

미르가 고개를 끄덕였다.

"아닌데. 왜 누가 친척이라디?"

오히려 엄마가 물었다.

"아니, 둘이 닮은 것 같아서."

"너 소희 봤어? 엄만 닮은 거 모르겠는데. 둘이 친해서 그런가?"

엄마가 고개를 갸웃거렸다.

둘이 친하다고? 미르는 이유 모를 배신감이 들었다. 바우와 친해지고 싶은 건 결코 아니었다. 그냥 자신처럼 외로워 보이는 아이가 또 있다는 사실에 위안이 됐던 것뿐이다. 그런데도 바우에게 서로 닮아 보일 만큼 친한 애가 따로 있다는 사실이 실망스러웠다.

"개학하면 소희가 걱정이야. 어린애가 할머니 병시중들면서 밥해 먹고 학교에 다녀야 하니……."

엄마는 혼잣말처럼 중얼거렸다.

"왜 애가 그런 걸 해? 엄마 아빠가 안 하고."

미르는 퉁명스레 말했다.

"할머니랑 둘이 사는데 할머니가 많이 편찮으셔."

다급하게 진료소로 뛰어들던 모습이 떠올랐다. 그때 그 아이는 정신이 하나도 없어 보였다.

"엄마 아빠가 왜 없어? 걔네 부모님도 이혼했대?"

엄마의 심사를 긁으려고 일부러 한 말인데 소희 걱정에 빠진 엄마는 눈치채지 못하고 진지하게 답했다.

"이혼한 게 아니라 아빠는 돌아가시고 엄마는 재혼했다 나 봐. 작은아빠랑 고모는 멀리 살아서 자주 오지 못하고. 일찍 아픔을 겪어서 그런지 애가 어른스러워. 오히려 그 모습이 더 가슴 아픈 거 있지."

남의 집 아이에게는 이해도, 걱정도 잘한다. 하지만 그걸 불평하기엔 소희의 처지가 너무 나빴다. 미르는 자기와 같은 열세 살짜리 아이가 할머니의 병시중을 들며 학교에 다닌다는 게 상상조차 되지 않았다.

미르는 또 한 마리의 새가 나뭇가지에 앉아 있는 풍경을 떠올렸다. 그런데 혼자인 줄 알았던 새들은 함께 나뭇가지 사이를 날아다니며 놀았다. 그리고 외따로 앉아 그 모습을 구경하는 또 한 마리의 새. 바로 자신의 모습이었다. 미르도 엄마가 돌아가신 바우나 부모님이 없는 소희와 다를 바 없는 처지였다. 함께 노는 그 아이들보다 자신이 오히려 더 외로워 보였다. 가슴속에서 무언가 울컥 솟구쳤다. 날 이렇게 비참하게 만든 건 엄마야.

"내일 바우랑 소희, 집으로 부를까? 개학하기 전에 친해지면 좋잖아."

미르가 동네 아이들과 친해지는 상상만 해도 좋은지 소희 걱정으로 어두웠던 엄마 얼굴에 미소가 번졌다. 엄마를 웃게 만들고 싶지 않다.

"싫어. 누가 그깟 애들이랑 친구하고 싶대!"

미르가 튕기듯 일어서는 순간 바구니가 엎어지며 귤들이 바닥으로 나뒹굴었다.

미르는 쿵쾅거리며 밖으로 나갔다. 차가운 것이 푸슬푸슬 얼굴에 와 닿았다. 눈이었다. 미르는 하늘을 올려다보았다. 손이라도 닿을 듯 낮게 여겨지던 하늘이 끝도 없이 깊어 보였다. 미르는 눈 내리는 허허벌판에 점으로 서 있는 자신의 모습이 보이는 듯했다.

선물

어제 오후에 흩날렸던 눈은 나뭇가지에, 지붕에, 땅에 닿는 순간 흔적도 없이 사라져 버렸다. 하늘은 맑았고, 영원히 얼굴을 보여 줄 것 같지 않던 해가 환한 볕살을 내리쏘고 있었다. 프린트를 하러 들어온 엄마가 봄기운 좀 흘러들어 오라고 창문을 열었다.

"어제 눈 올 때는 겨울로 되돌아가는 것 같더니 오늘은 완전히 봄 같네. 미르야, 화단에 무슨 꽃씨 뿌릴까? 봉숭아는 꼭 심어야지. 우리 여름에 봉숭아 꽃물 들이자."

엄마는 벌써 꽃들이 가득 핀 화단 앞에 서 있는 표정이었다. 이사 오고 난 뒤 엄마는 미르가 짜증을 내고 함부로 행동해도 야단치지 않았다. 이곳의 삶이 너무 만족스러워 미르를 봐줄 여유가 생긴 건지, 미르의 기분을 이해해 참고 기다려 주는 건지 알기 어려웠다. 미르는 어느 쪽이든 다 짜증 났다. 엄마가 야단치거나 화를 내면 마구 대들고, 마음껏 소리치며 울고, 그러고 나면 좀 괜찮아질 것 같은데 엄마는 그럴 기회조차 주지 않았다. 이젠 엄마에게 심통 부리는 일조차 맥 빠지는 기분이었다. 미르는 그렇게 이곳 생활에 적응하게 될까 봐 겁났다.

창문을 열어 놓은 채 엄마는 컴퓨터 앞에 앉았다. 커튼의 꽃무늬가 엄마 등에 아로새겨졌다.

"추워 죽겠는데 무슨 봄이야?"

벌떡 일어나 창문을 닫으려던 미르의 눈길이 멈추었다. 소희랑 바우가 나란히 진료소 마당으로 들어서고 있었다. 둘 다 무엇인가 한 아름씩 안은 채였다. 둘의 얼굴에도 환한 햇살이 가득했다.

"엄마가 쟤네 불렀어? 내가 싫다고 했잖아."

미르가 날카로운 목소리로 말했다.

"그게 무슨 소리야?"

엄마는 어리둥절한 얼굴로 일어서서 창가로 왔다.

"애들이 웬일이지. 할머니가 심해지셨나?"

고개를 갸웃거리는 걸 보니 엄마가 부른 게 아닌 모양이

다. 엄마가 방에서 나간 것과 동시에 딸랑딸랑하고 현관문
열리는 소리가 들렸다. 미르는 문 쪽으로 다가가 손잡이를
잡고 귀를 기울였다.

"소희야, 할머니 또 안 좋으시니?"

"아뇨. 좀 좋아지셨어요. 할머니가 김장 김치 갖다드리래
서요."

소희의 대답이 들려왔다. 보통 아이들보다 중저음 목소리
여서 차분한 느낌이 들었다.

"내일 갈 텐데, 무거운 걸 직접 가지고 왔네. 할머니께 고
맙다고 말씀드려 줘."

"네. 그리고 이 강아지요."

"어머, 젖 뗐나 보구나, 그럼 이제 사료 먹여도 되는 거야?
아유, 귀엽게 생겼다."

강아지라는 말에 미르는 귀가 번쩍 띄었다. 엄마에게 지
는 것 같아 당장 뛰어나가고 싶은 걸 참고 있으려니 몸이 근
질거렸다.

"바우네 아저씨가 차로 실어다 주신다고 했는데요, 멀미
할지 모른다고 바우가 안고 온 거예요. 사료는 우선 먹일 거
조금 가져왔어요."

계속해서 소희 목소리만 들렸다. 엄마한테 들은 이야기 때

문에 어두울 거라고 생각했는데 그런 것 같지는 않았다.

"고맙다, 애들아. 미르야, 미르야. 어서 나와 봐."

갑자기 엄마가 부르는 소리에 미르는 깜짝 놀라 얼른 침대 끝으로 가 앉았다.

"미르야, 깜짝 선물이야. 나와 봐."

엄마가 방문을 열고 말했다. 깜짝 선물인 건 맞았다. 엄마는 그동안 강아지의 '강' 자도 꺼낸 적이 없었다. 미르는 못 이기는 척 거실로 나갔다.

소희는 소파에, 바우는 거실 바닥 상자 앞에 앉아 있었다. 미르는 아이들보다 상자 속부터 보았다. 누르스름한 강아지가 고개를 빼꼼 내밀었다. 미르가 키우고 싶어하던 포메라니안이나 몰티즈는 아니지만 코끝이 반질거리고, 두 눈이 까만 단추처럼 반짝거리는 게 너무 귀여웠다. 미르의 얼굴 가득 저절로 환한 웃음이 번졌다.

강아지를 키우는 건 미르의 오랜 소원이었다. 그동안 엄마는 손이 많이 간다면서 반려동물 키우는 걸 반대했다. 그런 엄마가 먼저 강아지를 데려왔다. 다른 일이었다면 자기 마음을 구슬리려고 꾀를 쓴다고 오히려 화가 났을 텐데 강아지 앞에서는 그런 마음을 품을 수가 없었다.

"너희들 우리 미르하고 이렇게 만나는 건 처음이지? 미르야, 소희하고 바우야."

엄마는 미르가 강아지보다 소희와 바우를 만난 게 더 기쁜 듯했다. 바우는 쑥스러운지 고개를 숙인 채 강아지만 쓰다듬었고, 소희는 미소 지으며 슬쩍 미르를 보았다. 그 모습이 '우린 이미 마주친 사이지?' 하고 말하는 것 같았다. 자기도 모르게 입꼬리를 올리던 미르는 그 애들과 비밀을 공유했다고 인정하는 기분이 들어 얼른 마음을 다잡았다. 이 애들과 친하게 지내면 엄마는 내가 여기 생활에 적응했다고 믿을 거야. 절대 그럴 수 없어. 6학년을 마치기 전에 서울로 돌아가는 것. 그게 미르 목표였다.

"미르, 뭐 해? 친구들한테 인사해야지."

"어…… 안녕."

미르는 마지못해 말했다. 소희도 "반가워." 했고 바우는 말없이 웃기만 했다.

그걸로 두 아이와 인사를 다 한 미르는 강아지를 들여다보았다. 바우가 미르에게 양보하듯 조금 뒤로 물러나 앉았다. 미르가 등을 어루만지자 강아지는 손을 핥으려 혀를 날름거렸다. 소희와 바우의 눈길에 어색해진 미르는 주방으로 간 엄마에게 말했다.

"엄마, 강아지 어디서 키워?"

"바우네 아빠가 개집 갖고 오실 거야."

소희가 대신 대답하며 봉지에서 사료를 한 줌 꺼내 미르에게 건넸다. 소희의 손등이 꺼칠해 보였다. 소희도 그걸 알았는지 얼른 손을 움츠렸다.

미르가 손바닥에 사료를 놓고 내밀자 강아지가 먹기 시작했다. 미르는 강아지의 까끌까끌한 혀가 닿자 간지러워 어깨를 움츠렸다. 그동안 날 섰던 마음이 사르르 풀리는 것 같았다. 미르를 보며 소희와 바우도 웃었다.

"아주 귀한 손님들이 왔는데 대접할 게 마땅치 않네. 이거 먹고 있어. 얼른 점심 해 줄게."

엄마가 귤과 과자가 담긴 쟁반을 내려놓으며 말했다.

"아니에요. 바우네 아저씨 오시면 같이 동이에 갈 거예요. 아저씨가 짜장면 사 주신댔어요."

소희가 말했다. 미르는 짜장면을 먹는다고 해서 동이가 음식점 이름인 줄 알았더니 면 소재지를 말하는 거였다. 동이면 월전 1리 439번지가 진료소 주소였다. 강아지도 바우네 거고, 동이에 데려가서 짜장면 사 주는 사람도 바우네 아빠데 말은 소희가 다 했다. 보기와 달리 꽤나 나서기 좋아하는 성격인가 보다. 왕따 되기 딱 좋은 스타일이네. 목소리 때문에 어딘지 어른스럽고 카리스마 있어 보이는 것도 은근히

재수 없게 느껴졌다.

"점심 먹으러 가는 거야?"

엄마가 물었다.

"개학하니까 학용품도 살 겸 해서요."

"미르야, 너도 필요한 거 있으면 소희한테 사다 달라고 해."

미르는 엄마 말을 못 들은 척 강아지만 보았다.

엄마가 전화를 받으러 진료실로 가자 거실엔 어색한 침묵이 감돌았다. 강아지마저 없었으면 더 불편할 뻔했다. 미르는 빨리 강아지하고만 있고 싶었다.

"너 체육복 준비했어?"

침묵을 깨고 소희가 물었다. 학교마다 체육복이 다르다는 사실을 미처 생각하지 못했다. 미르는 고개를 저었다.

"작년에 전학 간 애가 두고 간 체육복 있는데, 그거 줄까? 5학년 때 산 거라 거의 새 거야."

오지랖은. 누굴 거지로 아나. 미르는 기분이 확 상했다.

"필요 없어."

미르가 거절하자 소희는 머쓱한 표정이 됐고 분위기도 더 서먹해졌다.

한마디도 하지 않고 강아지만 만지고 있던 바우가 갑자기 일어났다. 미르는 깜짝 놀라 바우를 쳐다보았다.

"아저씨 오셨네."

소희도 반가운 얼굴로 일어섰다. 전혀 차 소리를 알아차리지 못했던 미르는 껄끄러운 분위기에서 벗어나게 돼 다행이라고 여겼다.

말하지 않는 아이

바우 아빠가 트럭에서 개집을 내려 마당 안으로 들고 왔다. 나무판자로 짠 개집은 초록색과 노란색으로 돼 있었다.

"예쁘네요. 마당이 다 환해 보이겠어요."

엄마가 활짝 웃으며 말했다. 강아지를 품에 안은 채 밖으로 나온 미르도 개집이 마음에 들었다.

"우리 바우가 칠한 거예요."

바우 아빠가 뿌듯한 표정을 감추지 못한 채 말했다.

"바우 솜씨가 아주 좋네! 미르야, 예쁘게 잘 칠했지?"

엄마 말에 미르는 고개를 끄덕이며 바우를 쳐다보았다. 바우는 미르와 눈이 마주치자 붉어진 얼굴을 숙였다. 칭찬이 싫지 않은 표정이었다.

"처마가 있어서 여기가 좋겠네요."

바우 아빠는 개집을 창고 옆에 내려놓았다.

"애를 마당에서 키우라고요?"

미르의 눈이 동그래졌다.

"허허, 미르가 집 안에서 키우는 애완견 생각을 하는가 보구나. 걱정 마라. 그놈은 추위에도 끄떡없는 똥개니까."

"싫어요. 내 방에서 키울 거예요."

미르가 강아지를 꼭 끌어안으며 말했다.

"지금은 어려서 작지만 금방 커져서 집 안에서 못 키워."

소희가 또 나서서 말했다.

"그럼 그때까지라도 내 방에서 키울 거야."

미르가 엄마를 보며 말했다. 엄마가 고개를 끄덕였다.

"복실이가 주인 잘 만나서 호강하는구나."

바우 아빠가 또 허허 웃었다.

"복실이요? 너무 촌스럽잖아요."

미르가 자기도 모르게 얼굴을 찡그렸다.

"촌에 사는 개가 촌스러워야지. 순돌이가 새끼를 다섯 마리 낳았는데 바우가 실자 돌림으로 이름을 지었어. 소희 느이 집에 데려간 애는 이름이 뭐지?"

"토실이요."

"그래. 우리 집에 남은 놈은 봉실이고. 마음에 안 들면 딴 걸로 바꿔라."

바우 아빠가 또 허허 웃으며 선선히 말했다. 하나같이 별로다. 미르는 예쁜 이름을 궁리했다.

"예방 접종도 했으니까 잘 클 거예요. 미르도 읍내에 같이 갈래?"

마당의 수돗가에서 손을 씻은 바우 아빠가 미르에게 물었다. 좁혀 앉으면 보조석에 셋이 탈 수 있다면서.

싫다고 하려던 미르는 강아지를 집 안에서 키우려면 필요한 것들이 생각났다. 큰삼촌네가 개를 키워서 미르도 잘 알았다. 배변 패드는 물론 장난감이나 간식도 사야 했다. 사료도 더 필요하고 예쁜 옷도 사고 싶었다.

"엄마, 강아지 물건 사러 갔다 올게."

강아지를 들여놓고 외투를 입는 미르에게 엄마가 평소와 달리 넉넉하게 돈을 주었다.

"소희한테 물어서 학교에 필요한 것도 사."

엄마는 미르가 아이들과 함께 가겠다고 한 것만으로도 좋은 눈치였다.

"얘들아, 가자. 그나저나 소장님 혼자 식사하셔야겠네요."

"편하고 좋지요, 뭐. 제가 부탁한 것 좀 알아봐 주세요."

"예, 걱정 마세요. 그럼 다녀오겠습니다."

바우가 자기 아빠 옆에 먼저 타고 소희가 그다음에 타고, 미르가 맨 나중에 차에 올랐다. 소희가 몸을 앞으로 빼 미르에게 자리를 만들어 주었다.

"미르야, 좁지? 불편해도 좀 참고 가자."

바우 아빠가 시동을 걸며 말했다.

트럭 자리는 좁고 불편했다. 낡은 트럭에 끼여 타고 마트에 가는 모습을 보면 지유와 민서는 뭐라고 할까. 미르는 자기 모습을 자신에게도 보여 주고 싶지 않았다.

트럭은 금방 학교 앞을 지나 넓은 도로로 들어섰다.

"소희는 6학년 때도 반장 할라나?"

바우 아빠가 말했다. 5학년 때 반장이었다는 말이다. 학교에 인재가 없는 모양이다.

"선거해 봐야 알죠, 뭐."

소희가 무덤덤한 목소리로 대꾸했다.

"미르는 장래 희망이 뭐냐?"

바우 아빠가 이번엔 미르에게 말을 걸었다. 미르는 어른들이 아이들을 만나면 어른의 임무라는 양 장래 희망이나 꿈을 물어보는 게 싫었다. 솔직히 미르는 아직 꿈이 없었다. 없다기보다 자주 바뀌었다. 어른들은 꿈이 없다고 하면 훈

계를 늘어놓았고, 꿈을 말하면 그에 대해 아는 척을 했다. 미르는 바우 아빠가 운전하는 차를 타고 가는 처지에 질문을 무시할 수 없어 대답했다.

"……패션 디자이너요……."

계속 바뀌는 꿈 중의 하나일 뿐이다.

"패션 디자이너? 바우는 화가가 꿈인데 뭔가 좀 통하는 데가 있는 건가? 소희는 뭐 되고 싶댔지?"

패션 디자이너에 대해 아는 게 없는 듯 바우 아빠는 소희에게로 말을 돌렸다. 처음엔 바우 아빠가 자꾸 이 말 저 말 하는 게 싫었는데 차라리 나았다. 좁은 공간 안에서의 침묵은 더 불편했다.

"작가요."

소희가 대답했다.

'작가는 뭐, 아무나 되나?'

미르는 속으로 삐죽거렸다. 개집 칠한 걸 보면 바우와 화가는 어울리는 것 같았다.

"잘은 몰라도 소희는 책도 많이 읽고 생각이 깊으니까 작가 될 것 같은데. 그럼 나중에 소희가 글 쓰고 바우가 그림을 그리면 되겠다."

바우 아빠 말에 소희가 바우를 툭 치며 물었다.

"그럴래, 너?"

바우는 대답 대신 소희를 툭 쳤다. 잠시 둘은 킥킥대며 장난을 쳤다. 나무 위에서 어울려 노는 두 마리의 새와 외따로 떨어져 그 모습을 구경하는 새가 다시 떠올랐다. 미르는 혼자만 따돌려진 기분이 들었다. 꿈들도 야무지네. 미르는 소희와 바우를 무시하는 걸로 마음을 풀었다.

면 소재지는 집에서 차로 20여 분 걸렸다. 바우 아빠는 미르와 바우, 소희를 가게들이 많은 곳에서 내려 주었다.

"문방구 갔다 만리장성으로 와라. 나도 볼일 보고 거기로 갈 테니까."

바우 아빠 트럭이 출발했다.

미르는 주위를 둘러보았다. 면 소재지라고 해서 어느 정도 클 줄 알았는데 5층짜리 아파트가 가장 높았다. 늘어선 일, 이 층짜리 가게들도 허름해 보였다. 중학교도 월전 초등학교처럼 이 층에 불과했다. 여기 계속 산다면 자신이 다니게 될 학교다. 미르는 얼른 그 생각을 털어 버렸다.

"가자, 미르야."

소희가 어깨에 팔을 두르며 말하자 미르는 키가 큰 소희에게 안긴 꼴이 됐다. 소희는 면 소재지에 처음 온 미르를 돌봐 줘야 한다고 생각하는 것 같았다. 여기보다 몇십 배는 더 큰 데서 살다 왔거든. 미르는 가소로웠지만 길을 모르니 소희가 이끄는 대로 갈 수밖에 없었다. 뒤따라오고 있는 바우에게 어린아이처럼 비칠까 봐 신경 쓰였다.

소희는 대광 문구라는 간판이 붙은 가게 앞에 멈춰 서더니 문을 열었다.

"여기 간다고?"

미르가 못마땅한 얼굴로 말했다.

"응, 여기가 싸고 물건 종류도 많아."

먼저 들어간 소희가 문을 잡아 주었다. 난 싼 게 아니라 예쁜 걸 사고 싶다고. 미르가 원하는 곳은 예쁘고 귀엽고 인기 있는 팬시 문구들을 파는 가게다. 하지만 미르를 싼 문구점에 데려온 걸 뿌듯해하는 소희와 여기 온 게 당연하다고 생각하는 바우한테 싫다고 말하기 어려웠다. 미르는 어쩔 수 없이 안으로 들어갔다.

가게 안은 창고처럼 물건들이 쌓여 있었고 돋보기를 쓴 채 무언가를 하는 주인 할아버지는 손님에게 관심도 보이지 않았다. 그곳에선 아무것도 사고 싶지 않은 미르는 주머니에 손을 넣은 채 아이들의 볼일이 빨리 끝나기만을 기다렸다. 마음 같아선 혼자 동물용품 가게에 가고 싶었다.

소희는 메모지를 꺼내더니 어른들이 시장 볼 때처럼 학용품 품질이나 가격을 꼼꼼히 살피고 비교하며 고르기 시작했다. 그뿐 아니라 바우 것까지 일일이 챙겨 주었다. 밥맛없는 오지라퍼가 틀림없다. 미르는 소희가 반장 선거에 나오면 절대 찍지 않겠다고 마음먹었다. 바우는 화가가 꿈이라더니 스케치북을 여러 권 골랐다. 소희가 다른 스케치북을 찾아 보여 주자 바우는 그걸로 바꾸었다.

그 모습을 보는 미르의 가슴 한구석이 찌르르하고 아파 왔다. 지유, 민서와 함께 학용품을 구경하거나 사던 장면들이 떠올랐다. 그때는 지우개 하나, 샤프펜슬 하나 고르는 것도 재미있었다. 셋이 같은 가방 고리 인형을 사서 달고 다니던 기억에 울컥하고 눈물이 솟구쳤다.

"넌 아무것도 안 사?"

소희가 말을 거는 바람에 당황한 미르는 되는대로 공책 몇 권을 집어 들고 성큼성큼 계산대로 갔다. 전의 기억들은 잊고 싶을 만큼 아픈 추억이 되었고, 이곳에선 어떤 추억도 새롭게 쌓고 싶지 않았다.

계산을 마친 미르는 출구를 알 수 없는 미로에 갇힌 기분이 돼 아이들을 기다렸다. 소희는 바우 것까지 도맡아서 계산하고, 주인 할아버지가 바우에게 뭘 묻자 자기가 나서서 대답했다. 그러고 보니 바우가 말하는 걸 본 적이 없었다.

'혹시 말을 못 하는 앤가?'

문득 든 생각에 이유 모를 실망감이 밀려왔다. 자신도 모르게 빤히 보고 있던 미르는 바우와 눈이 마주치자 당황해 시선을 돌렸다.

"이제 동물용품 가게 가야지. 바우야, 코코 나라가 좋을까 해피 펫숍이 좋을까?"

문구점을 나온 소희가 묻자 바우가 왼쪽을 가리켰다. 맞아, 말을 못 하는 게 분명해. 하지만 알아듣는 건 문제없는 것 같았다.

"그래, 나도 코코 나라가 더 좋을 것 같았어."

소희가 왼쪽으로 방향을 잡았다. 셋은 코코 나라를 향해 걷기 시작했다.

"쟤, 말 못 하니?"

미르는 조금 떨어져 가고 있는 바우를 신경 쓰며 작은 소리로 소희에게 물었다. 잠시 멈칫했던 소희가 역시 작은 소리로 대답했다.

"아니. 못 하는 게 아니라 안 하는 거야."

"안 하는 거라고? 왜?"

호기심이 일었다.

"……그럴 만한 사정이 있어. 나중에 이야기해 줄게. 너도 차츰 익숙해질 거야."

그럴 만한 사정이라는 게 뭐지? 말을 못 하는 것과 안 하는 건 무슨 차이지?

미르도 할 수 있다면 말을 안 하고 싶었다. 그럼으로써 얼마나 상처 입었는지 엄마에게 보여 주고 싶었다. 바우도 그런 건가?

2부

소희 이야기

혼자만의 얼굴을 본 사람이 가져야 하는
아주 작은 예의

소희에겐 일기장이 두 개 있다. 하나는 학교 검사용 일기장이고, 다른 하나는 진짜 속마음을 적는 비밀 일기장이다. 작년 가을 처음으로 생리를 시작한 날, 소희는 선생님한테 검사받는 일기장에 그 일을 쓰고 싶지 않았다. 비밀 일기장을 만들자 혼자만의 공간이 생긴 것 같았고, 그 안에 담을 게 많아졌다.

'나는 미르를 이해할 수 있을 것 같다.'라고 소희는 비밀 일기장에 적었다.

미르를 처음 보았던 날, 할머니가 열이 심하게 오르고 헛소리까지 하자 소희는 눈앞이 캄캄했다. 무작정 진료소로 뛰어갔다 문 앞에서 미르와 부닥뜨렸지만 그때는 경황이 없었

다. 소장님과 진료소를 나와 집으로 갈 때야 느티나무 아래
서 있는 미르가 눈에 들어왔다. 소장님 딸임을 짐작했을 뿐
이름도 모를 때였다. 엄마가 진료소 소장님이고 포근한 옷에
감싸여 있는데도 그 애는 불안하고 외롭고 추워 보였다. 소
희는 자기 감정을 거울에 비추듯 얼굴에 담고 있는 아이에
게 시선이 붙박였다. 눈이 마주치는 순간 혼자만의 표정을
싹 지워 버린 미르는 그 위에 가면을 썼다.

소희는 미르의 가면을 자신의 검사용 일기장 같은 거라고
생각했다. 비밀 일기장을 누구에게도 들키기 싫은 것처럼
그 아이도 남한테 혼자만의 얼굴을 보여 주고 싶지 않을 것
이다.

전학 온 지 한 달이 넘은 요즘도 미르는 가면을 쓴 채
아무하고도 어울리려 하지 않는다. 개학하기 전 함께
동이에 갔었다. 문구점과 동물용품점에도 같이 가고,
바우 아빠가 사 준 짜장면과 탕수육도 먹었다. 많이 친
해졌다고 생각했는데 개학 날 미르는 바우와 나를 모르
는 사람 취급했다. 바우하고 느티나무 아래에서 기다렸
는데 우리를 무시한 채 지나쳐 가 버렸다. 내가 부르는
데도 못 들은 척했다. 무안하고 기분 나빴다. 나도 더는

미르에게 먼저 다가가고 싶지 않았다.

미르는 아주 오래간만에 전학 온 아이였다. 6학년은 19명으로 여학생이 12명, 남학생이 7명이다. 입학할 때는 26명이었는데 그동안 전학 가는 아이만 있고 오는 아이는 없었다. 그나마 6학년은 학생 수가 많은 편이다. 올해 입학한 1학년은 9명뿐이어서 계속 학생 수가 줄면 다른 학교와 합치거나 분교가 될지 모른다고 했다. 그런 상황이라 전학생이 오면 학교 전체가 관심을 가졌다. 더구나 미르는 진료소 소장님 딸이고 서울에서 전학 온 아이였다.

주은이 가장 적극적으로 미르에게 다가갔다. 6학년 여자애들은 패가 나뉘어 있었다. 4학년까지 반장을 도맡아 했던 주은이 5학년 때 소희한테 자리를 내주면서부터 시작된 일이다. 반장은 소희가 원해서 된 게 아니었다. 월전 초등학교 졸업생이며 학교 운영위원회 회장인 주은 아빠는 운동회, 입학식, 졸업식 같은 학교 행사에 빠지지 않고 참석했다. 주은 엄마도 때마다 반 아이들에게 간식을 돌리곤 했다. 그런 모습을 보아 온 터라 소희는 반장을 하고 싶은 생각이 전혀 없었다. 그런데 영지가 소희를 추천했고 아이들이 뽑았다. 처음엔 걱정했는데 할머니가 좋아하는 걸 보자 소희도 기뻤

다. 아프기 전이었던 할머니는 바우 아빠에게 부탁해 햄버
거로 반장 턱을 내주었다.

반장 선거에서 미끄러진 주은은 먼저 영지를 따돌렸다.
영지는 엄마가 필리핀 사람인 다문화 가정 아이였다. 학교
엔 부모 중 한 명이 외국 사람인 아이들이 꽤 있었는데 6학
년엔 영지뿐이었다. 아이들은 영지를 '다문화'라고 불렀다.
노골적으로 무시하거나 따돌리는 건 아니지만 소희에게는
그 호칭 자체가 무시이자 차별로 여겨졌다.

반장이 된 뒤 소희는 영지와 더 가까워졌다. 자기를 반장
으로 추천했다 따돌림당하는 게 미안한 것도 있었지만 그
보다는 동질감이 들어서였다. 영지가 다문화 가정 아이라면
소희는 조손 가정 아이로 분류되었다. 영지에게 하듯 대놓
고 부르진 않더라도 분류한 명칭 자체가 다른 아이들과 다
르다고 그어 놓은 선 같았다.

5학년 때 선생님이 세상엔 여러 형태의 가족이 있으며 그
사실을 인정하고 존중해야 한다고 했다. 하지만 현실에선
한국인 부모와 자식으로 이루어진 가족만 정상 가정으로 여
기는 것 같았다. 어떤 선생님과 학부모가 자신을 결손 가정
아이라고 하는 걸 들은 뒤 소희는 '결손'을 메꾸기 위해 더
열심히 공부하고, 선생님과 어른들 말씀도 더 잘 들었다.

주은은 소희가 어른들한테 잘 보이려고 가식적인 행동을 한다며 흉을 봤다. 여자애들 12명은 주은 패인 5명과 소희와 영지, 그리고 어느 쪽이라고 할 수 없는 5명으로 나뉘었다. 주은의 단짝인 지선과 경화를 뺀 나머지 두 명은 주은의 마음에 따라 이 애, 저 애로 바뀌었다. 반 아이들은 주은에게 선택당하면 싫어도 거절하지 못했다.

6학년에 올라와 소희는 반장, 주은은 전교 회장이 됐다. 그런데도 주은은 공부를 더 잘하고 선생님이 신임하는 소희를 흠집 내지 못해 안달이었다. 주은은 소희가 '다문화'인 영지와 친하게 지내는 것도 선생님한테 잘 보이기 위해서라고 했다.

주은은 미르가 당연히 옷도 잘 입고, 색다른 학용품을 많이 갖고 있는 자기와 친하고 싶을 거라고 믿은 눈치였다. 그런데 새 학년이 시작되고 맞은 첫 금요일, 따로 전교 회장턱을 낸다며 미르에게 면도 아닌 시내에 가자고 했다가 단번에 거절당했다. 소희는 아이들 앞에서 거절당해 붉으락푸르락하는 주은의 꼴이 내심 고소했다. 한 번 더 시도했다 또 거절당한 주은은 미르를 흉보기 시작했다. 미르는 서울에서 왔다고 잘난 척하며 시골 아이들을 무시하는 왕재수가 되었다.

미르가 하는 행동을 보면 주은의 말이 아주 틀린 것도 아니었다. 미르는 반찬이 맛없다는 듯 급식을 남기기 일쑤였고, 조별 활동을 할 때는 시시하다는 얼굴로 팔짱을 낀 채 앉아 있었다. 수업 태도가 불량해 선생님한테 주의를 받은 적도 여러 번이었다. 미르는 외톨이가 되기로 작정한 것 같았다. 반장 입장에서는 솔직히 주은보다 미르가 더 골치였다.

소희는 미르가 못마땅하다가도 느티나무 아래에 서 있던 모습이 떠오르면 마음이 누그러들었다. 혼자만의 얼굴을 보지 않았으면 자기 역시 미르를 재수 없는 아이라고 생각하고 말았을 거다.

나는 미르를 이해하기로 했다. 그 애가 보여 준 게 아니었다고 해도 혼자만의 얼굴을 본 사람이 가져야 하는 아주 작은 예의이다. 그렇지 않으면 그건 남의 일기장을 봐 놓고 남들에게 그 내용을 떠들고 다니는 짓이나 마찬가지다.

따뜻한 집

"쟤, 말 못 하니?"

미르가 물어보았을 때 나는 바우가 말을 '못 하는 게 아니라 안 하는 거'라고 대답했다. 그리고 나중에 이유를 말해 주겠다고 했다. 그날 미르는 무척 궁금해하는 것 같았는데 그 뒤로 돌변해 버려 이야기할 기회가 없었다.

미르는 바우가 말하지 않는 걸 어떻게 생각할까. 어쩌면 소장님한테 그 이유를 들었을지도 모르겠다. 내가 미르네 부모님이 이혼했다는 사실을 알게 된 것처럼 미르도 바우나 나에 대해 알았을 거다.

바우는 '선택적 함구증'이라는 병을 앓고 있다. 자기

가 하고 싶을 때와 장소, 대상에게만 말을 하는 증세라고 바우 아빠가 알려 주었다. 마음의 병이라고 했다. 바우에게 그런 병이 생긴 건 자기 엄마가 돌아가신 뒤부터다. 바우 아빠는 고등학교도 제대로 다니지 못했다. 우리 아빠와는 친구 사이였는데 말썽 부리다 결국 고등학교 졸업도 못 한 것이다.

"집이 가난해서 그랬다면 이해나 하지. 달밭에서 알아주는 땅 부자였는데, 하나뿐인 자식 때문에 속을 끓이다 바우 할아버지가 먼저 세상을 떴지. 바우 할머니는 아들이 사업합네 하면서 땅뙈기 없애는 거 지켜보다가 눈을 감았어."

할머니가 들려준 이야기다.

부모님이 다 돌아가신 뒤 달밭마을을 떠났던 바우 아빠는 신부와 함께 돌아왔다. 마을 사람들은 바우 아빠가 결혼한 것에도 놀랐지만 농사를 짓겠다는 말엔 더 놀랐다.

"나부터도 그랬으니까. 농사짓는다고 건들거리다 또 무슨 사고나 치고 떠나겠지, 아니면 새댁이 도망가든지 했어."

하지만 바우 아빠는 사람이 달라져 있었다. 부모님이

살던 집에서 살림을 시작한 새신랑은 부지런히 남의 집 일을 다니고 조금 남아 있던 땅에도 열심히 농사를 지었다. 그 사고뭉치가 맞나, 의심스러울 정도로 성실해졌다. 도시 출신인 새댁도 몸을 사리지 않고 일했다.

"바우 아빠가 새사람이 된 건 여자를 잘 만나서여. 지금도 저렇게 혼자 사는 걸 보면 아직 그 정을 못 잊은 모양이여. 왜 안 그렇겠어. 그렇게 부부 정이 깊었는데……."

할머니는 한숨을 쉬었다.

내 부모님은 어땠을까. 바우 부모님보다 먼저 결혼한 우리 아빠는 내가 태어난 지 얼마 안 돼 교통사고로 돌아가셨다. 엄마는 내가 어릴 때 엄마 본가 식구들이 와서 강제로 데려갔다고 했다. 나는 그런 이야기를 누구한테도 정식으로 들은 적이 없다. 동네 사람들이나 할머니와 고모, 작은엄마, 작은아빠가 쉬쉬하며 하는 이야기를 듣고 알았다. 자세히 알고 싶을 때도 있지만 내가 부모님을 그리워한다고 생각할까 봐 아무에게도 묻지 못했다.

사실 난 기억하는 순간부터 이미 엄마 아빠가 없었기 때문에 부모님이 그립다는 생각은 지금도 별로 없다. 내겐 할머니가 엄마도 되고 아빠도 되었다. 내 환경이 남들과 다르다는 사실을 처음 깨달은 건 학교 병설 유치원에 입학했을 때였다. 젊은 엄마들 틈에서 할머니는 너무 늙고 초라해 보였다. 나는 할머니가 창피해서 다른 아이들 엄마처럼 화장도 하고 예쁜 치마에 구두를 신고 오라고 투정을 부리곤 했다.

처음 가는 봄 소풍에도 할머니를 따라오지 못하게 했다. 내가 창피해하는 걸 할머니는 눈치채지 못했다. 오히려 다리 아픈 할머니를 걱정하는 기특한 손녀로 여겼다. 그때부터 바우 엄마는 유치원에서 열리는 행사에서 내 엄마 몫까지 해 주었다. 운동회 때 밀가루 속에 숨어 있는 과자를 찾아 물고 바우 엄마 등에 업혀 달릴 때 얼마나 좋던지 나는 그 길이 끝나지 않았으면 하고 바랐다. 그래서인지 아빠, 하면 사진 속 아빠가 생각나는데 엄마는 바우 엄마가 떠오른다. 집에 엄마 사진이 없는 탓도 있다.

바우 엄마가 세상을 떠난 건 바우와 내가 초등학교에 입학하기 얼마 전이었다. 암에 걸렸는데 너무 늦게 발견했다고 한다. 나는 야무진 소희가 바우 옆에 있어서 마음이 놓인다고 했던 바우 엄마의 말을 잊지 않고 있다.

3월생인 나는 12월에 태어난 바우가 늘 동생 같았다.

"우리 바우랑 소희 입학식엔 가야 하는데……"

유치원 가을 소풍을 다녀온 뒤로 병원과 집을 오가던 바우 엄마는 그즈음 거의 자리에 누워 지냈다. 바우 엄마는 남은 시간을 병원보다 집에서 가족과 함께 있기를 바랐다.

유치원의 긴 겨울 방학 동안 나는 바우네 집에서 살다시피 헸다. 새로 지은 바우네 집엔 겨울에도 밝고 따뜻한 햇볕만 들어와서 춥지 않았다. 나는 바우네 집 거실에서 바우 엄마에게 한글과 셈을 배웠고, 동화책 읽어 주는 것도 들었고, 그림도 그렸다. 어떤 땐 낮잠을 자기도 했다. 지금까지의 기억 중 가장 편안하고 따뜻했던 시간들이다. 그때부터 바우는 그림 그리는 걸 좋아했고, 나는 책 읽는 걸 좋아했다. 나는 한글을 읽을 줄 알게 되자마자 바우네 집에 있는 그림책이나 동화책을 다 읽었다. 책 읽느라 같이 놀아 주지 않는다고 바우가 삐칠 정도였다.

바우 엄마가 돌아가셨을 때 내 엄마가 세상을 떠난 것처럼 슬펐다. 엄마 아빠에 대한 기억이 없었기에 누군가와의 이별을 겪는 게 처음 같았다. 나는 바우보다 더 많이 울었다. 지금 생각해 보면 죽는다는 게 어떤 건지 본능적으로 알고 있던 것 같다. 나는 아빠의 죽음이 할머니에게 남긴 상처를 지켜보며 자랐다. 그리고 엄마와도 헤어졌다. 죽는다는 건 그 사람만 세상에서 없어지는 게 아니라 더 많은 것들을 함께 잃는 일이다.

초등학교 입학식엔 할머니가 오셨다. 바우 엄마가 돌아가신 뒤 늘 술에 취해 살던 바우 아빠는 아들이 있다는 사실을 잊은 것 같았다. 1년 가까이 우리 할머니가 바우를 키우다시피 했다. 나도 진짜 누나가 된 마음으로 돌봐 주었다. 하지만 어느 누구도 바우에게 엄마가 떠난 자리를 메워 줄 수는 없었다. 그 자리는 바우의 마음을 병들게 했고, 끝내 말하지 않는 아이로 만들어 버렸다.

바우의 1학년은 엉망이었다. 선생님이나 아이들이 부르거나 무얼 물어봐도 말하지 않았고, 수업에도 참여하지 않았다. 원래 말을 못 하던 아이가 아닌 바우는 아무한테도 이해받지 못했다. 자식을 가슴에 묻어 본 경험이 있는 할머니만이,

"내 눈으로 본 적은 없다만 자식 잃은 어미가 충격으로 말문을 닫았다는 얘기를 들은 적이 있는데, 바우도

그런 것 같구먼. 나도 소희 애비 그렇게 갔을 적에 숨이 턱턱 막히는 게 살고 싶지 않았지. 저 어린것이 아니었으면 나도 따라나섰을 겨. 자식이 남겨 놓은 핏줄인데 내 손으로 거둬야지 하는 일념으로 견뎌 냈지. 그러니 어린 바우가 오죽하겠어."

하고 추측했을 뿐이다.

'바우야, 또 벌서기 전에 어서 대답해.'

선생님 말에 대답하지 않는 바우 때문에 애가 타던 걸 생각하면 지금도 심장이 조여드는 느낌이다. 바우는 문제아 취급을 받았고, 바우 아빠는 몇 번씩이나 학교에 불려 가야 했다.

"말해. 무슨 말이든 해 보라구!"

바우가 자기 아빠에게 맞은 건 그때가 처음이었을 거다. 바우 아빠가 경기를 일으킨 바우를 안고 우리 집으로 뛰어왔다. 할머니가 손가락을 따고 얼굴에 물을 뿜자, 바우는 그제야 울음을 토해 내며 눈을 떴다.

"어머니, 저 때문이에요. 바우가 이렇게 된 건 제가 아빠 노릇을 제대로 못해서예요."

바우 아빠가 울면서 말했다. 아내 장례식 때도 화난 사람처럼 눈을 부릅뜨고 울지 않던 사람이었다.

그 뒤 바우 아빠는 예전 모습을 되찾았다. 더 열심히 일했고, 바우를 데리고 도시의 병원으로 치료를 받으러 다녔다. 그 사실을 안 선생님도 더는 바우를 혼내지 않았다. 놀리던 아이들도 차츰 바우에게 익숙해져 갔다. 말을 하지 않는 것뿐이지 공부도 잘했고, 그림 그리기나 만들기도 잘했고, 무엇보다 착해서 아이들이 좋아했다. 바우가 자기 아빠와 나, 우리 할머니에게 조금씩이나마 다시 말을 하게 된 건 3학년 무렵부터였다.

마음속에 진주를 키우기로 했다

"아이고, 볕도 좋다. 빨래 잘 마르겠네."

할머니가 문을 활짝 열어 놓고 밖을 내다보았다. 할머니의 얼굴엔 겨우내 앓고 난 흔적이 가득했다. 볼이 홀쭉했고 얼굴 주름도 더 깊어졌다. 작년 가을까지만 해도 남의 집 일까지 다녀 검게 탔던 할머니 얼굴은 방에만 있어 하얘졌다. 그래서 더 핼쑥해 보였다.

"할머니, 이제 환기 다 됐으니까 문 닫아."

소희는 빨래를 줄에 널며 말했다. 바람이 물 묻은 손을 스쳐도 시리지 않았다. 까슬까슬 텄던 손등도 이제 조금씩 아물고 있었다. 진료소 소장님이 준 크림 덕분이었다.

"요새는 집 안보다 밖이 더 따순 법이여. 온 산이 진달래

꽃물이 든 것마냥 붉네."

할머니 말소리가 들판의 아지랑이처럼 아련했다.

"할머니는 꼭 시인 같아. 내가 할머니 닮아서 작가가 되고 싶은 건가 봐."

소희는 바지랑대를 곧추세웠다. 할머니가 마루까지 나와 앉아 있는 것만 해도 고마웠다. 깃발처럼 나부끼는 빨래 위로 햇볕이 고물고물 내려앉았다. 봄 햇살에 내민 아기 손처럼 작은 나뭇잎들은 형광 연두색으로 빛났다. 나무 아래에 서면 온몸은 물론 마음까지 환한 연두색 물이 드는 것 같았다. 그런데 그런 것들을 보면 슬펐다. 아름다운 것들은 그랬다.

"내가 공부만 해 봤어라. 가슴속에 있는 얘기만 다 꺼내 놔도 책으로 열 권은 묶을 겨. 내년 봄에 저 꽃을 다시 볼 수 있으려나 싶으니까 그게 한이구먼."

소희는 걷었던 소매를 내리며 마루 끝에 걸터앉았다. 햇볕이 내려앉은 마룻장은 따뜻했다.

"가슴속에 딱지 앉은 얘기를 그냥 가지고 가면 저승에도 못 가고 구천을 떠돈다는데……."

할머니가 혼잣말처럼 하는 소리에 소희는 눈가를 훔쳤다. 햇살이 너무 눈부셔서야.

"할머니, 오래오래 사셔야 돼. 내가 작가가 돼서 할머니 가슴속에 있는 얘기 다 써 줄게. 그때까지 꼭 건강하셔야 해."

소희는 할머니의 흐트러진 머리카락을 귀 뒤로 넘겨주며 말했다. 쯧쯧, 불쌍한 것. 할머니가 소희를 어루만지듯 바라보았다.

내가 아무리 훌륭한 작가가 된다 한들 할머니의 마음을 제대로 알 수 있을까. 할머니가 부모는 죽으면 산에다 묻고, 자식은 죽으면 가슴에다 묻는다고 했다. 자식은 부모를 산에다 묻고 그 슬픔을 차차 잊을 수 있지만, 부모는 자식 잃은 슬픔을 평생 가슴속에 안고 산다는 뜻이라고 했다.

나는 아직 부모를 잃는 것과 자식을 잃는 것의 차이를 모르겠다. 오히려 부모는 어른이니까 그래도 견딜 수 있을 테니 어린아이가 부모를 잃는 게 더 슬픈 일인 것 같다. 그런 생각을 하다 보면 아무것도 모르는 어릴 때 엄마 아빠와 이별한 게 차라리 낫다는 생각이 든다. 하지만 언젠가 할머니가 돌아가신다고 생각하면, 그래서 혼자 남는다고 생각하면 할머니가 말한 것처럼 숨이 막혀 온다. 그러다 나도 바우처럼 말하지 않는 아이가 되면 어쩌지.

"할머니 말대로 정말 밖이 더 따뜻한 것 같네. 할머니, 내가 머리 빗겨 줄게."

소희는 마루로 올라가 부러 부산을 떨며 빗을 찾았다.

지난 설날, 작은집 식구들이 왔을 때 할머니는 미용실을 하는 작은엄마에게 평소 하던 파마 대신 머리를 짧게 잘라 달라고 했다. 할머니가 "더, 더." 해서 남자 머리처럼 되었다.

"너무 짧게 잘랐어."

소희는 목덜미에도 가기 전에 빗이 쑥 미끄러져 버리는 느낌이 왠지 서운했다.

"어린 손녀딸 손에 감고 빗고 하는데 짧기라도 해야지. 진작 자를 걸 싶게 가붓하고 좋아."

소희는 리본이 달린 머리핀을 할머니 앞머리에 꽂아 주었다.

"예쁘지? 우리 할머니, 엄청 젊어 보인다."

소희가 손거울을 앞에 대 주자 할머니는 흉하다고 핀을 빼 버리는 대신 자신의 얼굴을 물끄러미 바라보았다.

"소희야, 고생스러운데 작은집으로 갈까?"

거울 속 할머니가 거울 속 소희에게 물었다.

"왜? 작은집에 가고 싶어?"

"나야 여기가 더 좋지. 토끼장 같은 데서 답답해서 어떻게 살아. 여기서는 문만 열면 산이 보이고 들판도 훤히 보이고……. 너 땜에 그러지. 작은집에 가면 여기서만큼 고생은 안 할 거 아녀."

할머니의 눈길이 거울 밖으로 멀어졌다.

"아냐. 나도 여기가 좋아. 나도 아파트는 답답해서 싫어."

작은아빠는 할머니가 병이 나자 모셔 가고 싶어 했다.

"어머니, 남들이 자식 욕해요. 장대 같은 자식이 있으면서 병든 어머니를 어린 조카한테 맡겨 놓는다고요. 소희도 같이 가면 되잖아요."

소희는 작은엄마가 할머니를 짐으로 생각하고, 자신을 짐에 붙은 혹처럼 여긴다는 걸 알고 있었다.

"아가, 내 목숨이 붙어 있는 동안은 여기서 살자."

소희는 대답 대신 할머니를 등 뒤에서 껴안았다. 가냘픈 몸집은 꼭 죄면 마른 가랑잎처럼 바스러질 것 같았다.

"들어가 누워야겠다. 이제 너 할 일 해. 할미 때문에 맘대로 놀지도 못하고, 쯧쯧."

할머니를 부축해서 방에 누이고 나오던 소희는 오토바이 소리에 반가운 미소를 지었다. 마당 안으로 들어선 소장님이 헬멧을 벗으며 오토바이에서 내렸다. 바우 아빠에게 부탁해서 산 중고 오토바이였다. 소희는 오토바이를 타고 진료를 다니는 소장님이 멋있어 보였다.

어른들은 마음이 아픈 걸 어떻게 다스리는지 궁금하다. 소장님이 이혼했다는 이야기는 금방 동네에 퍼졌다. 바우 아빠는 지금도 날마다 바우 엄마 산소에 간다. 할머니가 죽은 아내에 대한 정이 커서 그런 거라고 했다. 그럼 이혼한 건 싫어서 헤어진 거니까 아무렇지 않을까.

나는 소장님이 오토바이를 타고 달리는 모습을 보면 힘들어도 꺾이지 않고 자기 길을 가는 것 같아 멋있어 보인다. 나도 그런 사람이 되고 싶다.

할머니가 인생에는 오르막길도 있고 내리막길도 있다고 했다. 비 오는 날도 있고 눈보라 치는 날도 있다고 했다. 그런 길을 지나가 봐야 평평하고 넓은 길을 고마워할 줄 알게 된다는 거다.

어떤 책에서 '상처 입은 조개만이 진주를 키울 수 있다.'는 구절을 읽었다. 조개 속의 상처가 시간을 거치면서 진주가 된다고 했다. 나는 내 마음을 조개라고 생각하기로 했다. 그리고 그 안에 진주를 키우기로 했다. 그렇게 생각하니까 상처 입는 일이 크게 무섭지 않은 것 같다.

"안녕!"

소장님이 소희에게 인사를 건네며 오토바이에서 진료 가방을 내렸다. 소장님도 마음속에 진주를 키우고 있는 게 분명하다. 그렇지 않고서야 어떻게 저토록 환하고 따뜻한 얼굴로 사람들을 대할 수 있을까.

"안녕하세요!"

소희는 소장님을 존경하고 좋아하는 자기 마음을 말하지 않아도 소장님이 다 알 것 같았다.

소희는 할머니를 일으켜 앉힌 뒤 베개로 등받이를 해 주었다. 혈압을 잴 수 있도록 한쪽 소매를 걷자 앙상한 팔이 드러났다. 이미 죽어서, 봄이 와도 물기가 돌지 않는 삭정이 같았다. 소희는 그 팔을 가만가만 주물렀다.

"기침 좀 덜하셨어요?"

가운 자락을 젖히며 앉은 소장님은 우선 할머니 손부터 잡았다.

"아이구, 늙은이가 오래 살아서 소장님을 귀찮게 하네요."

할머니 얼굴과 말소리에 미안함이 가득했다.

"그게 무슨 말씀이세요. 저 월급받고 일하는 거예요. 마을 주민들 건강 돌봐 드리는 게 제 일이니까 마음 편히 가지셔도 돼요. 그리고 소희가 어찌나 잘 알아서 도와주는지 훨씬 수월한걸요. 할머니는 착하고 똑똑하고 속 깊은 손녀딸을 두셔서 좋으시겠어요."

소장님이 할머니의 팔에 혈압 재는 기구를 감으며 소희를 보고 웃었다. 소희는 소장님의 칭찬이 부끄러우면서도 기분 좋았다.

"내가 봐도 버릴 데 하나 없는 앤데 부모 복이 없는 게 한이라우."

단박에 할머니의 눈가가 불그스레해졌다. 몸이 아프면 마음도 약해지는 건지 요즘 할머니 눈엔 늘 눈물이 그렁그렁했다.

"부모가 있어도 제대로 부모 노릇 못 하는 사람도 많은 세상이에요. 그리고 부모 믿거라 하고 제 일 못 하는 아이들도 많고요. 소희는 할머니가 계셔서 괜찮아요. 그러니까 얼른 자리 털고 일어나세요."

소장님의 말 한 마디, 한 마디가 소희의 불안한 마음을 다 독여 주었다.

"바쁜 양반 자꾸 오게 하는 거 미안해서라도 얼른 일어나
야 할 텐데……."

할머니는 남한테 신세 지는 걸 아주 싫어했다. 바우 아빠
가 한번 도와주면 꼭 밭일이라도 해 주어야 편해지는 성미
였다. 그뿐만 아니라 바지런하기까지 해서 달밭마을 사람들
은 할머니가 나타나면 반색을 했다. 누군가 일을 하고 있으
면 그냥 지나치는 법이 없었기 때문이다. 열무 한 줄기, 고추
한 개라도 다듬어 줘야 마음이 좋다고 했다. 사람들이 고맙
다고 하면 할머니는 손사래를 치며 말하곤 했다.

"지금 그런 말 하지 말고 나 죽고 장례 치를 때 와서 밥 한
술이라도 먹고 가."

할머니는 작은아들이 직장 일에 바빠 마을 사람들 경조사
에 다니지 못하는 게 큰 걱정이었다.

"나 죽으면 아무도 안 올까 봐, 그래서 우리 아들 우세스러
울까 봐 그게 걱정이여."

"아이고, 소희 할머니 걱정 마셔요. 소희 할머니 돌아가시
면 친정아버지 생신이라고 해도 달려갈게요."

소희는 할머니나 동네 사람들이 그런 말을 아무렇지도 않
게 농담 삼아 하는 게 싫었다. 하지만 몇 달째 방에만 있는
할머니를 보니, 그런 우스갯소리를 하면서라도 건강하게 돌

아다니던 때가 그리웠다.

"오래오래 사셔서 소희 훌륭하게 되는 것까지 다 보셔야죠. 소희야, 그렇지?"

소희는 힘껏 고개를 끄덕였다. 소장님이 없었다면 할머니가 아픈 요즘 얼마나 더 무섭고 힘들었을까.

전에 있던 소장님은 할머니보다 소희에게 더 필요한 분이었다. 어려서 병치레가 잦았던 소희는 진료소 단골 환자였다. 주사를 맞을 때면 주삿바늘보다도 철썩 때리는 소장님의 손바닥이 더 따끔했다. 주사 맞기 싫다고 울면 큰 목소리로 팔뚝만 한 주사를 놓을 거라고 으름장을 놓곤 했다. 그게 아이들에게 관심을 표현하는 소장님의 방식임을 이해하기엔 아직 어릴 때였다.

"많이 좋아지셨어요. 소희야, 춥더라도 자주 문 열어서 환기시키고 젖은 수건 널어서 건조하지 않게 해야 한다."

소장님은 진료 기구들을 가방에 챙겼다.

소장님은 절대로 '가엾어서 어쩌니? 고생하는구나.' 같은 말은 하지 않는다. 물론 '어린 게 쯧쯧' 하는 눈빛도 보이지 않는다. 나는 그래서 소장님이 좋다. 소장님은 그런 말이나 눈빛이 받는 사람에게 상처 주는 일이란 걸 알고 계신다.

"우리 미르, 요즘은 애들하고 좀 어울리니?"

지나치듯이 묻는 소장님 얼굴에 언뜻 그늘이 스쳐 갔다. 소희는 순간 무언가 가슴을 찌르는 것 같았다. 진료소 소장님이기 이전에 미르 엄마인 것이다. 소희는 처음으로 다른 아이의 엄마에게 질투가 났다. 바우 엄마에게서도 느끼지 못했던 감정이었다. 소장님은 소희가 금방 대답하지 못하자 휴, 하고 한숨을 내쉬었다.

"죄송해요, 소장님."

소장님에게 보답하기 위해서라도 미르에게 좀 더 잘했어야 했다. 그 애가 오길 기다리지만 말고 내가 먼저 다가갔어야 했다. 아이들이 뭐라고 뒷소리를 하든 내가 먼저 마음을 열었어야 했다. 아무래도 내가 미르보다 더 마음 부자인 것 같다. 내가 자기를 얼마나 부러워하는지, 자기가 가진 게 얼마나 귀하고 소중한 것인지 깨닫기 전에는 내가 그 애보다 훨씬 더 부자다.

"네가 뭘 죄송해. 미르가 그러는 건 너희들 때문이 아니라 나한테 화가 나서 그러는 거야. 기다리면 나아질 줄 알았는데 오래 가네. 마음 주고받을 친구를 사귀면 훨씬 덜 힘들 텐데……."

소희네 집을 떠난 소장님의 그림자가 길게 길게 늘어나 소희 마음에도 그늘을 드리웠다.

울고 싶은 아이

난 미르가 그렇게 형편없는 아이인 줄 몰랐다. 혼자
만의 얼굴을 갖고 있는 아이라면 가슴속에 생각이든 뭐
든 키우고 있을 줄 알았다. 그런데 그 앤 덜 자란 깃처럼
유치하고 제멋대로다. 마음에 들지 않으면 아무한테나
골 부리고 땅바닥에 드러눕는 어린아이같이 군다.

소희는 일기를 쓰다 말고 낮에 학교에서 있었던 일을 떠올
렸다. 점심을 먹고 급식소에서 나오다 주은 패들이 모여 있
는 걸 보았다. 뭔가 수군거리던 아이들이 소희를 보곤 뚝 그
쳤다. 그 애들 말 중에서 미르 이름이 들려왔다. 소희는 또
미르 흉을 보는 모양이라고 생각하며 지나쳤다.

5교시는 체육 시간이었다. 운동장엔 4학년도 나와 있었다. 소희는 준비 체조를 할 수 있도록 아이들을 줄 세우면서도 미르 쪽은 바라보지 않았다. 미르는 여전히 전 학교 이름이 찍힌 노란색 체육복 차림이었다. 선생님은 미르에게 한 학년만 다니면 졸업이니 굳이 체육복을 사지 않아도 된다고 했다. 대신 전 학교 체육복이나 다른 운동복을 입으라고 했다.

미르가 필요 없다고 했지만 소희는 전학 간 아이가 놓고 간 체육복을 깨끗하게 빨아 소장님에게 갖다주었다. 누구라도 혼자만 튀어 보이는 건 싫을 테니까.

"얼마 안 입은 거라 거의 새 거예요."

"그러잖아도 학교 앞 문구점엔 작은 사이즈밖에 없다고 해서 어쩌나 했는데 고맙다."

선생님이 굳이 사지 않아도 된다고 했는데 미르가 새 체육복을 사 달라고 했나 보다. 소희는 보잘것없는 일이나마 소장님에게 도움이 된 게 기뻤다. 미르도 싫어하진 않을 거라고 생각했다. 그런데 체육 시간에 미르가 보란 듯이 노란색 체육복 차림으로 나타나자 소희는 가까이 갔다가 떠밀린 것처럼 무안했다.

"소장님이 체육복 안 주셨니?"

소희는 슬쩍 다가가 물었다.

"누굴 거진 줄 알아?"

미르의 날 선 대꾸에 소희는 어이가 없어 돌아서 버렸다. 그리고 미르에게 진짜 관심을 끊었다.

준비 운동을 마친 뒤 다 같이 피구를 하기로 했는데 남자애들이 축구를 하겠다고 선생님을 졸랐다. 주은 무리도 여자끼리만 피구를 하는 게 좋다고 맞장구를 쳤다. 체육 전담 선생님은 6학년인 만큼 잘 알아서 하라며 4학년에게로 갔다. 여자애들은 홀수와 짝수 번호로 편을 갈랐다. 미르는 소희와 같은 편이었다.

"금 긋는 건 체육복 안 입은 애한테 시키자."

주은이 소희 곁으로 오더니 말했다. 피구를 하려면 라인기로 선을 그려야 했다. 그래, 그래. 지선과 경화가 맞장구를 쳤다. 소희는 어떻게 할까 망설이며 미르 쪽을 보았다. 파란색 체육복 사이에서 혼자 노란 옷을 입은 모습이 주은 무리 말대로 아이들을 무시하는 것 같았다. 체육복을 챙겨 주기까지 했던 자신은 더한 무시를 당한 셈이다.

'개인적인 감정으로 이러는 게 아니야. 반장으로서 할 말을 하는 거야.'

머리에 떠오른 생각 중 가장 마음에 드는 걸 골라낸 소희는 미르에게 갔다. 뒤따라온 아이들이 그 마음을 부추겼다.

"강미르, 라인기 갖다가 금 그어."

소희 말에 미르는 코웃음을 치며 꼼짝도 하지 않았다.

"강미르, 반장 말 안 들려?"

경화가 한 걸음 다가서며 말했다.

"그걸 왜 내가 그어? 그런 건 원래 운동장에 기본으로 깔려 있어야 하는 거 아냐? 무슨 학교가 애들한테 이런 걸 시켜."

미르가 비웃듯이 운동장을 둘러보았다. 소희는 자신이 비웃음을 당한 것 같았다.

"전에 다니던 학교는 어땠는지 몰라도 우리 학교에선 우리가 선을 긋고 해야 돼. 얼른 해."

소희가 낮지만 강한 목소리로 말했다.

"니가 뭔데 그런 걸 시켜?"

미르가 소희를 노려보았다.

"반장이니까 시키는 거잖아. 얼른 해."

지선이 대신 대꾸했다.

"시골 학교 반장이 뭐 대단한 거라고."

미르의 코웃음에 소희 얼굴이 싸늘해졌다.

"이게 정말! 그러는 넌 이 학교 안 다니냐?"

소희가 무슨 말을 할 새도 없이 주은이 소리치며 미르를 떠밀었다. 갑작스런 밀침에 미르는 뒤로 자빠지며 엉덩방아를 찧었다. 아이들이 그 모습에 킥킥댔다. 소희는 순간 자신이 하고 싶은 말과 행동을 주은이 대신해 준 게 통쾌했다. 너 같은 앤 이런 꼴을 당해도 싸.

벌떡 일어난 미르가 주은에게 달려들더니 발로 걷어찼다. 퍽 소리가 날 정도로 센 발길질에 주은이 비명을 질렀다.

"이 계집애가!"

얼굴이 시뻘게진 주은이 다시 미르를 떠밀었다. 미르는 또 땅바닥에 나뒹굴었다.

"여기가 그렇게 싫으면 도로 가 버려. 우리도 너 같은 공주병 환자 재수 없어."

주은이 미르를 노려보며 말했다. 미르가 바닥에 두 다리를 쭉 뻗고 앉아선 "아악!" 하는 고함과 함께 울음을 터뜨렸다.

나는 그 순간까지 미르가 그런 꼴을 당하는 게 당연하다고 생각했다. 주은에게 먼저 발길질을 했으니까. 미르가 순순히 라인을 그렸으면 주은도 더는 어쩌지 못했을 거다. 그런데 미르는 주은에게 발길질을 함으로써 할머니 표현대로 울고 싶은 아이를 때렸다.

'울고 싶은 아이'라고 쓰자 소희는 소리 지르며 울음을 터뜨리던 미르의 모습이 떠올랐다. 소희였다면 그런 상황에선 절대 울지 않았을 거다.

미르는 맘껏 떼쓰고 고집 피우다 울음으로 모든 걸 해결해 버리려는 어린애 같다. 그런데 왜였을까. 축구를 하다 몰려온 남자애들 틈에 서 있던 바우와 눈이 마주치는 순간 왠지 부끄러웠다. 언제부터, 어느 장면부터 본 거지? 아무것도 모르는 바우는 여자애들이 전학 온 아이에게 텃세를 부린다고 생각하는 것 같았다. 그리고 내가 그 무리에 끼어 있는 것에 실망한 얼굴이었다. 억울했다.

난 아니야. 난 미르에게 손, 가, 락, 하, 나, 대지 않았다고.

손가락 하나 대지 않았다고. 손가락 하나 대지 않았다고? 정말? 소희는 스스로 한 질문에 선뜻 그렇다고 대답하지 못했다. 자기가 하고 싶은 말과 행동을 주은 무리가 대신해 주는 게 통쾌했고, 마음속에선 이미 그 애들과 한패가 되었으면서 아닌 척했다.

"윤소희, 너는 반장인 녀석이 그 상황을 보고만 있었어? 너도 과학실 청소 같이 해."

선생님은 소희에게 반장의 책임과 의무만 물었다. 선생님은 손톱만큼도 소희의 속마음이 주은 무리와 같을 거라고 생각하지 않았다.

모범생, 우등생, 부모가 없어도 반듯하게 자란 아이. 철든 아이. 어른스러운 아이⋯⋯. 소희를 따라다니는 말들이다. 아주 어렸을 때를 빼놓고 소희는 선생님이나 할머니에게 자기 잘못으로 꾸지람을 들은 적이 없다. 어른들이 어떤 아이를 좋아하는지 알았기에 스스로 그 틀에 맞추어서 살았다. 제 마음 가는 대로 행동하다 울음을 터뜨리던 미르 모습이 다시 떠올랐다. 소희는 살면서 그래 본 적이 없었다.

산에는 찔레꽃이 눈부시게 피어났다

바람이 불자 어린 모는 헤엄쳐 다니는 올챙이나 꼬리 달린 개구리가 무서워 움칠거리는 것처럼 흔들렸다. 소희는 모내기가 끝난 자기네 논을 볼 때마다 뿌듯했다. 달밭마을엔 모심는 기계인 이앙기를 가진 사람이 바우 아빠와 기석 아저씨 둘뿐이다. 바우 아빠는 자기 집 농사 거리만으로도 벅차 품 일을 많이 다니지 않았다. 달밭마을 모내기는 기석 아저씨의 이앙기 한 대로 대부분 해결하는 셈이다.

그 때문에 모내기 철이 되면 모심는 순서 때문에 마을 사람들 간에 말다툼이 일기도 했다. 할머니는 모내기를 해 줄 때까지 문턱이 닳도록 기석 아저씨네 집을 쫓아다녔다. 아저씨는 할머니 등쌀에 못 견뎌 소희네 모를 일찍 심어 주곤

했다. 모내기를 끝내 놓은 날 저녁이면 할머니는,

"아이고, 모를 심어 놓으니까 안 먹어도 배부르다. 이제 우리고, 니 작은집이고 식량 걱정은 안 해도 돼."

하며 편안한 얼굴로 초저녁부터 잠이 들곤 했다.

소희는 할머니가 앓아눕자 봄도 오기 전부터 농사일이 걱정되었다. 그런데 다행히 바우 아빠가 나서서 벼농사의 시작인 씨나락을 담가 싹을 틔우는 일부터 모내기까지 다 해주었다. 모내기가 끝나자 할머니는 신세 갚을 걱정이 태산이었다.

"제집 농사 거리만 해도 바쁜 사람이 우리 논부터 해 줬으니 얼마나 고마워. 내가 안 아퍼야 일이라도 해서 신세를 갚을 건데……."

"정 그러면 기석 아저씨가 심어 줬을 때처럼 돈을 주면 되잖아."

소희 말에 할머니는 고개를 저었다.

"돈으로 갚을 빚, 마음으로 갚을 빚이 따로 있는 법이여. 돈으로 갚어야 하는 빚을 마음으로 눙쳐도 안 되는 법이고, 마음으로 갚어야 하는 빚을 돈으로다 해결해서도 안 되지."

생각해 보니 바우 아빠에게 품삯을 주면 서운해할 것 같았다. 소희는 할머니가 했던 것처럼 바우네 일을 도와주기로 했다.

김치도 넉넉히 담가서 나눠 주고, 일요일이면 밑반찬을 만들어다 주었다. 이번 일요일에는 바우 아빠가 일하는 들로 새참을 내다 주기로 했다. 소희는 삶은 국수와 멸치를 우린 국물, 김치, 그릇 등을 손잡이 달린 플라스틱 바구니에 담아 들고 논으로 갔다.

공사가 한창인 바우네 논두렁은 울퉁불퉁하고 미끌미끌했다. 자칫하면 미끄러질 수 있어 소희는 조심조심 걸었다. 아빠를 거들고 있던 바우가 소희를 보고 쫓아왔다. 머리카락이며 얼굴, 옷, 다리가 흙투성이였다.

"바우 너, 일도 못 하면서 옷만 버린 거 아냐?"

소희가 바우에게 음식 바구니를 건네주며 말했다.

"저거 다 내가 나른 거야."

바우가 논 가장자리를 빙 둘러 박은 쇠막대 기둥을 가리켰다. 바우 아빠는 몇 년 전부터 화학비료나 농약 사용을 최대한 줄이는 방식으로 농사를 지어 왔다. 오리나 우렁이, 쌀겨 등을 활용해서 논의 잡초나 해충을 제거하는 농법을 활용하며 주위 농가에도 전파했다.

바우 아빠가 오며 가며 집에 들러 할머니에게 농사와 관련된 이야기를 하곤 해서 소희도 알았다.

"아무튼 바우 아범은 일 복을 타고난 사람이여. 일을 안 벌이면 몸살이 나는 모양이여."

할머니가 감탄하곤 했다.

"바우 크는 거랑 일하는 재미 빼면 제가 무슨 낙으로 살겠어요."

"그러니까 이젠……."

소희를 의식한 듯 할머니 목소리가 낮아졌다. 무슨 이야기일지 귀를 세울 필요도 없었다. 할머니의 낮은 목소리에 비하면 너털웃음을 앞세운 바우 아빠의 대꾸는 거침없이 컸다.

"허허허. 그러니까 중매 좀 서시라니까요."

언제부턴가 웃는 얼굴이 쓸쓸해 보였다.

"아저씨, 새참 드세요."

소희는 오리가 밤에 들어가 잘 집을 짓고 있는 바우 아빠에게 소리쳤다. 바우 아빠가 일을 멈추고 다가와 바닥이 빨간 일 장갑을 벗었다.

"아이고, 국수구나! 어디 소희 솜씨 좀 보자."

"할머니가 알려 주는 대로 했는데 맛있을지 모르겠어요."

소희는 면을 담은 그릇에 국물을 부었다.

"양념장이 맛있어 보이는걸. 이것도 소희 네가 했냐?"

바우 아빠가 달래와 파, 깨소금을 넣고 만든 양념간장을 듬뿍 푸며 물었다.

"네."

소희는 바우에게도 국수 그릇을 건넸다. 흙 묻은 손을 바지에 쓱쓱 닦은 바우가 그릇을 받아 들었다.

"너도 같이 먹지 그러냐."

바우 아빠가 바구니에 남은 국수 뭉치를 보며 소희에게 말했다.

"전 집에 가서 할머니랑 같이 먹을 거예요. 잡숫고 더 드세요."

"할머니 먼저 드리고 오지 그랬어."

"일 밥은 일하는 사람들이 먼저 먹어야 하는 거라고 이따 드시겠대요."

봄에 맨발로 흙을 밟으면 병이 싹 나을 거라던 할머니는 온 세상에 봄기운이 넘치는데도 간신히 밖에 있는 화장실을 오갈 수 있을 뿐이다.

"할머니가 얼른 일어나셔야 소희가 걱정을 덜 텐데."

바우 아빠가 젓가락으로 소담스레 국수를 감아 입에 넣었다. 바우는 벌써 볼이 불룩했다. 소희는 바우와 바우 아빠가 맛있게 먹는 것을 보자 흐뭇했다.

진달래가 자취를 감춘 산에는 찔레꽃이 팝콘 터지듯 피어났다. 마치 결혼식 하는 신부의 꽃다발처럼 눈부셨다. 소희는 아무 색도 아닌 흰색이 저처럼 화려해 보이는 게 늘 신기했다.

"오토바이 소리 나네."

갑자기 바우 아빠가 목을 길게 뺐다. 소희는 소리를 듣지 못했는데 금방 소장님 오토바이가 모습을 드러냈다. 이웃 마을에 진료하러 가는 모양이었다.

"소희야, 국수 남았지?"

바우 아빠가 급하게 물었다. 그러곤 소희가 대답할 겨를도 없이 벌떡 일어서더니 논두렁을 막 뛰어가며 소장님을 불렀다. 소희는 영문을 몰라 바우를 보았다. 바우도 어리둥절한 표정이었다.

길까지 뛰어간 바우 아빠가 잠시 실랑이를 벌이더니 소장님을 앞세워 오고 있었다. 소희는 미르가 체육 시간에 있었던 일을 이야기했을 것 같아 소장님 보기가 걸렸다. 내게 실망하셨을 거야. 소희는 가까이 온 소장님을 똑바로 보지 못했다.

"소희 솜씨가 아주 제법이에요. 소장님이 꼭 맛을 보셔야 한다니까요. 소희야, 얼른 소장님한테 국수 말아 드려. 나는 그만 먹을 거니까 그거 다 드려라."

바우 아빠는 평소와 다르게 수선스러웠다. 바우 아빠 너스레 덕분에 소장님과의 대면이 얼렁뚱땅 넘어갔다. 소희는 눈인사와 함께 소장님에게 국수를 주었다.

"소희는 다 컸네. 국수도 만들 줄 알고. 바우도 일 많이 했나 보다."

소장님 말에 바우가 씩 웃었다.

"어머, 면도 알맞게 잘 삶았네. 국물도 깊은 맛이 나고. 정말 소희가 다 한 거야?"

국수 맛을 본 소장님은 진짜 놀란 얼굴이었다.

"할머니가 시키는 대로 한 거예요."

소희는 수줍게 웃으며 김치 그릇을 소장님 앞으로 당겨 놓았다. 바우는 얼른 국수 그릇을 비우곤 일어섰다.

"오리가 도망가지 못하게 그물을 치는 거로군요."

소장님도 오리 농법에 관해 이미 알고 있었다.

"예. 야생 동물도 막고요. 집을 지어 놓으면 지들이 알아서 들어가 자요. 맛 좋은 알도 수북수북 낳고요. 몇 년 고생했더니 땅심도 많이 회복된 것 같아요. 그런데 오리 농법은 조류 독감이 문제고, 우렁이도 결국은 생태계를 파괴한다네요. 영농회 회원들하고 지속해서 할 수 있는 친환경 농법을 계속 연구 중이에요. 가끔 너무 힘들어서 그만둘까 하다가도 들판에 반딧불이 날아다니고, 메뚜기 뛰는 걸 보면 다시 마음을 다잡게 돼요."

바우 아빠가 신난 얼굴로 설명했다. 할머니하고 이야기할 때보다 훨씬 힘차 보였다.

"대단해요! 사실 전 여기 오기 전엔 농촌의 환경에 대해서 깊이 생각해 본 적이 없어요. 그저 자연이 많으니까 도시보다 공기가 좋겠거니 정도였죠. 회장님, 앞으로도 그 마음 지켜 주세요. 저도 열심히 지지해 드릴게요."

소장님이 주먹을 불끈 쥐어 보였다. 바우 아빠 얼굴이 낮술을 먹은 것처럼 벌게졌다. 다른 사람에게 열렬한 지지를 받은 사람이 지을 수 있는 행복한 표정이었다.

"예. 말씀만 들어도 힘이 나네요. 가을에 맛있는 유기농 쌀로 보답하겠습니다."

바우 아빠도 마주 주먹을 쥐어 보이며 활짝 웃었다.

바우 아빠는 평소와 달라 보였다. 난 아저씨가 아무리 웃고 있어도 웃음 아래 감춰진 쓸쓸한 얼굴을 볼 수 있었다. 그런데 오늘은 쓸쓸한 얼굴이 보이지 않았다. 아저씨는 정말로 웃고 있었다. 소장님하고 말이 잘 통해서일까. 마음이 통하는 사람과 이야기를 나눈다는 건 행복한 일이겠지. 내게도 그런 친구가 생기면 좋겠다.

바우는 내 이야기를 잘 들어 준다. 바우에게 말하다 보면 내가 이해받는다는 것도 느낄 수 있다. 하지만 그 것만으로는 아쉽다. 바우 아빠와 소장님처럼 신바람이 나서 이야기를 주고받을 수 있는 그런 친구가 있으면 좋겠다.

용서할 수 없는 건 추억이 많기 때문이다

장마가 시작된다는 일기 예보가 계속 빗나가고 있었다. 하지만 비가 올 조짐은 흐린 하늘에서, 후텁지근한 공기에서, 맹꽁이 울음소리에서, 낮게 나는 제비의 날갯짓에서 어렵지 않게 발견할 수 있었다.

우체국 안은 에어컨이 켜져 있어서 시원했다. 소희는 돈을 찾기 위해 현금 인출기에 카드를 넣었다. 할머니는 아프기 전 억척스레 남의 집 일까지 다녔다. 그러곤 밤마다 끙끙 앓았다.

"할머니, 작은아빠가 돈 보내 주잖아. 맨날 아프다고 하면서 왜 일을 다녀."

걱정스럽고 속상한 소희가 타박을 했다.

"앉아서 곶감 빼먹듯이 쓰면 뭐가 남겠어. 늙으면 썩어 없어질 몸뚱이 아끼면 뭐 해. 할미 죽더라도 우리 소희 고등학교 가고, 대학교 갈 돈 해 놔야지."

작은아빠가 보내 주는 돈은 모두 저축하던 할머니가 앓아눕고부터 통장의 돈은 시나브로 줄어들고 있었다.

소희는 할머니가 말하는 날들이 먼 훗날이라 여겼다. 하지만 감기로 시작한 병이 겨울을 지나 지금까지도 할머니를 놓아주지 않는 걸 보자 먼 훗날이 아닐지도 모른다는 생각이 들었다. 할머니의 다리엔 봄이 지나고 여름이 오도록 힘이 붙지 않았다. 텃밭에 명아주 풀이 무성히 자라는 것에 끌탕을 하며 호미를 들고 나갔다가도 곧 다시 들어오곤 했다. 손바닥만 한 곳이라고 해도 땅을 놀리지 못하던 할머니였다.

"그것 봐, 할머니. 이젠 일하지 말고 그냥 느티나무 아래가서 놀기나 하셔."

느티나무 그늘은 마을 사람들의 쉼터였다. 하지만 할머니는 이제 거기까지 가려면 지팡이를 짚고도 열 번은 더 쉬어야 하고, 그마저도 돌아올 엄두가 나지 않아 집을 나설 수가 없다고 했다.

소희는 요즘처럼 스스로가 싫은 적이 없었다. 할머니가 몸이 아픈데도 작은집에 안 가는 이유는 손녀인 자신 때문이다. 소희는 할머니가 돌아가시고 혼자 남겨지게 될까 봐 무서웠다. 그리고 할머니가 세상을 떠나는 것보다 혼자 남을 일을 더 무서워하는 자기 모습에 죄책감이 들었다.

돈을 찾은 소희는 떨어진 생필품을 사기 위해 가게로 갔다. 요즘엔 바우 아빠가 바빠 장을 봐다 주지 못했다. 면에 있는 큰 마트보다 물건값이 좀 더 비싸지만 하는 수 없었다. 당장 급한 것을 떠올리며 가게로 들어간 소희는 멈칫하고 섰다. 미르가 가게 한옆에 놓인 탁자에 앉아 컵라면을 먹고 있었다. 미르도 소희를 보았지만 모르는 척하는 게 느껴졌다.

벌로 함께 과학실 청소를 하는 동안 미르는 소희나 주은 무리와 한마디도 하지 않았다. 또 다시 이런 일이 있으면 부모님을 부르겠다는 선생님의 엄포 때문인지 주은 무리는 미르에게 더는 시비를 걸지 않았다. 외톨이로 지내기를 자처하는 미르에게 다가가는 아이도 없었다.

소희는 소금과 샴푸, 세제, 하루 내내 혼자 집에 있는 할머니를 위해 오렌지 맛 탄산수와 양갱을 샀다. 후덥지근한 날씨에 아이스바 생각이 간절했지만 몇 번을 망설이다가 포기했다. 계산대로 가던 소희 눈에 미르 대신 탁자 위에 놓인 다이어리가 들어왔다. 캐릭터나 팬시 그림이 그려진 다른 아이들의 다이어리와 달리 커버가 가죽으로 돼 있어 소희가 부러워하던 거다. 미르가 입는 옷이나 신보다 그 다이어리가 더 탐났다.

"컵라면 먹던 애 갔어요?"

소희는 물건을 계산대에 내려놓으며 아주머니에게 물었다.

"좀 전에 갔는데. 왜?"

"다이어리를 놓고 가서요. 제가 갖다줄게요."

소희는 다이어리를 집어 들어 손바닥으로 가만히 쓸어 보았다. 질감이 느껴지면서도 보드라운 감촉이 좋았다.

밖으로 나온 소희는 미르를 따라잡기 위해 부지런히 걸었다. 시장 가방 때문에 몸이 가볍지는 않았다. 학교 동네를 빠져나간 소희는 앞서가는 미르를 발견하고 걸음을 늦추었다.

미르는 누군가와 전화를 하며 천천히 걷고 있었다. 소희는 통화가 끝나면 다이어리를 주려고 조금 떨어져 따라갔다. 내용은 들리지 않았지만 미르가 신나서 이야기하고 있다는 건 알 수 있었다. 늘 가시 돋친 표정이나 말투인 미르가 보통 아이처럼 말하는 게 신기했다.

서울 친구들하고 수다 떠는 걸까. 어쩌면 자기 아빠랑 통화하는 건지도 모른다. 소희는 미르가 아빠와 떨어져 살고 있다는 사실을 새삼스레 떠올렸다. 미르 부모님이 왜 헤어졌는지는 알 수 없다. 소장님을 좋아하는 소희는 미르 아빠가 잘못해서 이혼했을 거라고 추측했다. 소희는 그동안 미르가 부모의 이혼으로 무엇을 잃었다고 여긴 적이 없었다. 소희에겐 바라만 보아도 힘이 되는 소장님이 엄마니까, 그런 엄마하고 산다면 당연히 행복한 줄 알아야 하고, 만일 그렇지 않다면 그건 미르 잘못이라고 생각했다.

미르가 전화를 끊었다. 소희가 걸음을 빨리하는데 미르는 어디론가 또 전화를 걸었다. 소희는 다시 걸음을 늦추었다. 손에 든 가방이 점점 더 무겁게 느껴졌다. 혹시 바우가 오지 않나 뒤를 살폈지만 보이지 않았다. 얼마를 걷던 미르가 우뚝 멈춰 섰다. 휴대폰을 쥔 손도 툭 떨어졌다. 소희도 걸음을 멈췄다. 한동안 서서 지켜보던 소희는 언제까지 그러고 있을 수 없어 미르에게 다가갔다. 다이어리를 주고 먼저 갈 생각이었다.

소희가 옆으로 가자 미르가 돌아다보았다. 미르는 가면을 쓰고 있지 않았다. 혼자만의 얼굴이 고스란히 드러나고 있다는 걸 모르는 것 같았다. 무언가 단단히 충격을 받은 듯했다. 소희는 미르에게 관심 갖지 않겠다고 마음먹었던 걸 떠올리며 말없이 다이어리를 내밀었다. 멍한 표정으로 다이어리를 받아 든 미르는 다시 걷기 시작했다. 소희는 잠시 망설이다 나란히 보조를 맞췄다. 계속 뒷모습을 보여 주며 앞질러 가는 것도 신경 쓰였고, 뒤처져 걷기에는 미르 걸음이 너무 느렸다.

소희와 미르는 한참을 침묵 속에서 걷기만 했다. 소희는 곧 다다를 샛길이 고민이 됐다. 아스팔트 길에서 들길로 난 샛길은 집으로 가는 지름길이다. 민들레, 제비꽃, 꽃다지, 개망초, 구슬붕이, 달개비 같은 풀꽃들이 갈마들며 피고 지는 길이다. 풀꽃 이름은 야생화나 식물도감을 끼고 사는 바우가 알려 주었다. 늘 거기 있어 하찮아 보이던 풀도 이름을 알고 나면 새롭게 눈에 들어왔다.

소희는 비가 와서 질퍽거리는 날이 아니면 들길로 오갔다. 새 학년이 된 뒤 며칠은 혹시나 하고 큰길로 다녔지만 미르가 모르는 척하는 걸 보고는 다시 들길을 이용했다. 샛길이 다가오고 있었다. 어색한 상황에서 벗어나고 싶은 소희는 미르와 헤어져 샛길로 가기로 결정했다. 그때 자전거를 탄 바우가 소희와 미르 옆을 지나쳐 갔다. 소희가 반가워 이름을 부르자 바우가 속도를 줄이며 돌아다봤다. 그 순간 미르가 갑자기 길 위에 털썩 주저앉았다.

"강미르, 왜 그래? 어디 아파?"

소희는 깜짝 놀라 미르를 잡고 물었다. 핏기가 모두 사라진 것 같은 창백한 얼굴을 보자 겁이 났다. 소희는 멈춰 선 바우에게 소리쳤다.

"바우야, 빨리 가서 소장님 오시라고 해."

바우가 자전거 페달에 한쪽 발을 올려놓았다. 싫어. 미르가 소희 팔을 움켜잡았다. 얼마나 세게 잡았는지 비명이 나올 만큼 아팠다. 바우가 진료소로 가는 대신 소희를 보았다. 소희는 바우에게 가까이 오라고 손짓했다.

"집까지 갈 수 있겠어? 바우 자전거 뒤에 타고 갈래?"

소희가 물었다. 미르가 고개를 저으며 말했다.

"집 말고 갈 데 없어?"

미르의 눈빛이 간절하게 그러길 바라고 있었다. 집 말고 다른 곳? 소희는 주위를 두리번거리다 아, 하며 바우를 보자 바우 역시 그곳을 생각했다는 듯 고개를 끄덕였다.

그곳은 언덕 옆 산이었다. 예전엔 그냥 온전한 산이었는데 한 귀퉁이를 깎아 도로로 만들었다. 도로에서 이어진 길을 따라 조금 들어가면 굴참나무 숲속에 작은 정자가 있었다. 도시에 사는 산 주인이 만들어 놓은 것으로 나중에 와서 정자 옆에 집을 짓고 살 거라고 했다.

바우는 소희 짐을 자전거에 싣고, 소희는 미르를 부축해서 오솔길로 들어섰다. 굴참나무 잎들이 그늘을 만들어 숲 안은 서늘했다. 나무 아래 찔레 덤불이며 칡넝쿨이 뒤엉켜

자라고 있었다. 멧비둘기가 갑작스러운 사람 기척에 푸드득 날아올랐다.

"팔 조심해. 나뭇가지에 긁히지 않게."

자전거를 계속 끌고 가는 건 무리였다. 자전거를 나무 둥치에 기대어 놓은 다음 바우가 늘어진 나뭇가지며 덩굴 같은 것들을 걷어 주었다. 미르는 몸을 소희에게 거의 기대고 있었다.

정자가 가까워지자 앞서서 뛰어간 바우가 칡넝쿨에서 잎을 떼 내 바닥을 닦았다. 소희는 미르를 정자 마루에 앉혔다. 소희가 하는 대로 몸을 맡기고 있던 미르가 갑자기 얼굴을 손바닥에 묻고 울음을 터뜨렸다.

소희와 바우는 조용히 옆에 있는 수밖에 없었다. 한참을 울고 난 미르가 입을 열었다.

"나, 바보 같지?"

"무슨 일이야?"

소희는 그제야 이유를 물었다.

"……우리 아빠가, 글쎄 우리 아빠가, 다른 사람이랑…… 결혼할 거래. 아빠가 휴대폰을 안 받아서 작업실로 전화를 했더니, 어떤 여자가 받아서, 내가 누구냐고 했더니, 우리 아빠를 바꿔 달라고 했더니…… 우리 아빠랑 결혼할 사이래."

미르는 우느라 말을 제대로 하지 못했다. 말을 다 마친 뒤에는 또 어린아이처럼 엉엉 소리 내 울었다. 소희는 미르가 잘 이해되지 않았다. 헤어져 사는 아빠가 재혼하는 게 그렇게 큰 충격일까. 소희는 자기 엄마 역시, 이미 오래전에 새로 결혼했다는 걸 알고 있지만 별다른 느낌이 없었다. 소희는 무슨 말로 미르를 위로해야 할지 난감했다.

"……아빠랑은 통화해 봤어?"

소희는 겨우 할 말을 찾아 물었다.

"응, 사실이래. 그러면서 아빠랑 살고 싶으면 그렇게 해도 좋대."

소희는 가슴이 쿵 내려앉았다. 이상한 일이다. 사이가 좋은 것도 아닌데 미르가 떠난다고 생각하자 허전했다.

"그래서? 그렇게 할 거야?"

소희가 물었다.

"아니!"

미르 얼굴에 분노가 번졌다.

"어떻게 그럴 수 있어? 난 아직도 아빠랑 떨어져 사는 거 힘들고, 보고 싶어 죽겠는데 아빤 벌써 다른 여자하고 결혼하겠대. 아빠가 그래도 되는 거야? 용서하지 않을 거야!"

미르가 주먹을 부르쥔 채 이를 앙다물었다. 갑자기 투둑

투둑, 나뭇잎에 빗방울 떨어지는 소리가 났다. 드디어 장마가 시작되려는 모양이었다.

나는 미르가 부러웠다. 그 애가 자기 아빠를 용서할 수 없는 건 많은 추억을 가지고 있기 때문이다. 나는 재혼했다는 엄마한테 아무런 그리움도 원망도 없다. 그래서 다행이라고 생각했는데 미르를 보니 그리움과 원망은 동전의 앞과 뒤 같다. 바우를 봐도 그렇다. 바우를 키워 주는 건 바우가 추억하는 그 애 엄마라는 생각이 든다. 할머니도 나중에 추억으로 남아 날 지켜 줄까.

3부

바우 이야기

달맞이꽃

장마 기간 중간중간에 하늘은 맑은 얼굴을 보여 주었다. 비가 그치고 구름 사이로 햇살이 내리꽂히면 새들은 깃을 치며 우듬지 위로 솟아올랐고, 잠자리들도 들판 위를 날아다녔다. 비에 씻긴 나무의 초록 잎이나 꽃들의 희고 붉고 노란 빛깔은 더욱 눈부셨다.

학교에서 돌아온 바우는 자전거를 문간에 세워 놓고 엄마 산소가 있는 뒷산으로 갔다. 산자락엔 토끼풀이 무성했다. 방울 같은 하얀 토끼풀꽃들도 한들거리고 있었다. 바우는 막 꽃잎을 펼친 달맞이꽃을 꺾었다. 노란색 꽃송이가 작은 등불인 양 환했다.

엄마 산소는 할아버지 할머니가 묻힌 뒷산 기슭에 있었

다. 달밭마을이 훤히 내려다보였다. 큰길과 느티나무, 진료소까지 다 보였다. 바우는 시든 마타리꽃 묶음을 치우고 달맞이꽃 다발을 산소 앞에 놓았다. 아빠가 다녀간 듯 산소 둘레를 다독거린 흔적이 있었다.

　엄마, 오늘은 노란색 달맞이꽃이에요. 엄마가 저녁에 피는 달맞이꽃이 꼭 들판의 작은 생물들을 위해 등불을 켜는 것 같아 기특하다고 했잖아요.
　엄마는 틈날 때마다 어린 내게 들꽃 이름들을 알려 주셨지요. 그때는 건성으로 들었어요. 꽃보다 개미나 나비, 땅강아지, 무당벌레, 거미처럼 움직이는 곤충들에 더 마음이 끌렸으니까요. 나중에 꽃 이름이 궁금하면 그때 다시 물어보면 되지, 하고 생각했던 것 같아요. 엄마가 영원히 내 곁에 있을 거라고 믿었던 거예요. 내게 들꽃도 이름이 있다는 걸 알려 주기 위해 엄마가 식물도감을 열심히 찾아보았다는 걸 나중에 알았어요.
　엄마가 돌아가신 뒤 난 아무하고도 말하고 싶지 않았어요. 내 마음속엔 엄마가 이름을 알려 주었던 들꽃들만 떠올랐어요. 가장 많이 생각난 게 바로 달맞이꽃이었어요. 엄마는 아빠와 내게 달맞이꽃이었다는 생각이

들어요. 엄마가 우리를 위해 등불을 켜고 있었던 거예
요. 엄마가 떠나자 불빛도 함께 사라진 것 같았어요.

　　주위 사람들뿐 아니라 아빠까지도 내가 엄마가 돌아
가시자마자 말을 안 했다고 알지만 그건 아니에요. 엄
마를 여기 두고 간 며칠 뒤였어요.

　　엄마를 떠나보내기 위해 많은 사람들이 모였다. 안팎을
환히 밝힌 집은 사람들로 북적거렸고 먹을 것도 많았다. 바
우는 엄마가 아픈 뒤론 늘 가라앉아 있던 집에 많은 사람들
이 모인 게 신이 났다. 게다가 사람들은 앞다투어 바우를 안
아 주고 쓸어 주고 바라봐 주었다. 바우는 그 사람들을 따라
더러 울기도 했지만 관심의 대상이 되었다는 사실에 더 흥
분했다.

　　사람들은 바우에게 한없이 관대했다. 바우가 턱없이 떼를
쓰거나 울어도 야단치지 않았다. 야단치기는커녕 조금 있으
면 학교에 들어갈 바우를 서로 업어 주지 못해 안달이었다.
바우는 엄마의 장례를 치르는 며칠 동안 이 사람 저 사람의
등에 업혀서 우쭐해진 눈빛으로 우는 소희를 내려다보았다.
자기만 업어 주고 안아 주는 게 샘나서 우는 거라고 생각했다.

　　마지막까지 남아 있던 엄마 본가 식구들이 돌아가고 아빠

와 단둘이 되었을 때 바우가 물었다.

"아빠, 엄마 어디 갔어?"

바우는 갑자기 넓어진 것 같은 거실을 둘러보며 물었다. 입을 꾹 다문 아빠의 눈은 컴컴한 동굴 같았다.

"엄마는 정말 땅속에 있는 거야?"

바우는 엄마가 잠자고 있다는 상자가 땅에 묻히는 것을 보았으면서도 그 속에 엄마가 있다는 사실을 믿을 수 없었다.

아빠는 이번에도 대답하지 않았다.

어쩌면 그때 아빠는 내 말이 하나도 들리지 않았을지 몰라요. 아빠를 비추던 엄마라는 불빛이 꺼졌으니까요. 나만 아직 모르고 있었던 거예요. 나는 아빠와 이야기를 하는 게 재미없어 그림을 그렸어요. 엄마가 땅속에 있는 모습이었어요. 땅속에 또 다른 세상이 있을 거라고 생각했거든요. 엄마를 어둡고 차가운 땅속에 혼자 남겨 두고 왔다곤 생각할 수 없었어요. 그곳에도 우리가 사는 세상처럼 하늘이 있고, 산이 있고, 시냇물이 흐를 거라고 상상했어요. 땅속 마을에선 꽃이나 구름, 날아가는 나비와도 이야기를 나눌 수 있을 거라고 여겼어요. 그래서 나는 엄마가 나비하고 새하고 나무하고 이

야기하는 그림을 그렸어요. 그 옆에 내 모습도 그렸어
요. 나는 엄마가 곧 나를 데리러 올 거라고 믿었어요.

아빠에게 그림을 설명한 바우가 물었다.

"엄마 몇 밤 자면 와? 엄마가 나 데리러 올 거지?"

아빠가 소리를 버럭 질렀다. 엄마는 죽었다고. 다시는 안
온다고. 그리고 이 세상은 네가 그린 그림 같은 곳이 아니라
고, 정신 똑바로 차리라고.

바우는 아빠가 화냈던 이유를 이젠 알 것 같았다. 엄마 없
는 세상을 살아 나가야 할 아들이 한없이 걱정스러웠을 거
다. 무엇보다 아빠는 스스로에게 화가 났었을 거다.

하지만 그땐 '엄마였다면' 하는 생각밖에 들지 않았
어요. 내가 도화지 위에 점 하나를 찍어 놓고 새가 날아
가는 모습이라고 하면, 엄만 정말 점이 새로 보인다고
했어요. 그게 구멍을 뚫고 내다본 밤이라고 하면 정말
캄캄하네, 하셨어요.

"우리 아기는 상상력이 참 풍부하네"

엄마는 나를 늘 아기라고 불렀지요.

엄마가 이 세상에 없다는 걸 실감한 건 그 순간이었

어요. 그때까지 잘 몰랐던 엄마의 죽음이 무얼 뜻하는지 한순간에 깨달아진 거예요.

아빠가 내 그림을 보고 무슨 그림이 이러냐고 하는 순간 겁이 났어요. 엄마가 없는데 이제 어떻게 이야기해야 하나. 나는 그때 아빠도, 소희도, 소희네 할머니도 하나의 세상이라고 생각했던 것 같아요. 엄만 내가 세상과 만나는 문이나 마찬가지였고요. 나는 말문이 아니라 세상으로 나가는 문을 닫았던 거예요. 겁이 나서요. 엄마가 없으니 이제 아무한테도 이해받지 못할 거라고 여긴 거지요.

학교에 들어가자마자 선생님한테는 문제아 취급을 받고 아이들에게는 말을 못하는 아이라고 놀림을 받았어요. 함께 유치원을 다녔던 아이들, 함께 장난치며 뛰어놀았던 아이들도 나를 놀렸어요. 차라리 그게 이해받지 못하는 것보다 나았어요.

다른 도시로 치료를 받으러 다니면서부터야 난 조금씩 세상으로 향한 문을 내다보기 시작했어요.

선생님이 바우가 앓고 있는 마음의 병을 이해하면서부터 바우는 학교생활에 조금씩 적응을 해 나갔다. 반 아이들 역시 말하지 않는 바우에게 익숙해져 갔다. 학년이 바뀌어도 늘 같은 아이들과 생활하는 덕이었다. 학예회를 하면 바우에겐 대사가 없는 역이 돌아갔고, 모르는 사람이 바우에게 말을 걸면 아이들이 나서서 대신 대답하곤 했다. 대부분은 소희가 그림자처럼 붙어 서서 그 역할을 했다. 말하지 않는 게 바우나 선생님, 반 아이들 어느 쪽도 크게 불편하지 않게 되었다.

엄마, 그런데 말하지 않는 내가 싫었던 적이 있어요. 그 애가 넘어져 울고 있을 때, '여럿이서 한 아이를 괴롭히는 건 옳지 않아. 비겁해!'라고 소리치고 싶었어요. 하지만 진짜 비겁한 사람은 아이들 틈에서 그냥 지켜보고 있던 나였는지 몰라요. 말리지 않은 소희한테 실망이나 하면서요.

그리고 그날, 장마가 처음 시작되던 날 말이에요. 자기 아빠가 다른 여자랑 결혼한다면서 그 애가 울었을 때요. 그때도 해 주고 싶은 말이 있었어요. 끝내 하지 못한 말들이 지금도 내 마음속에 걸려 있어요. 엄마, 난 그애한테 말을 할 수 있을까요?

엉겅퀴꽃

바우가 미르를 처음 본 건 큰길에서였다. 소희 할머니가 많이 아팠던 날이다. 할머니는 겨울이 시작되면서 앓기 시작했다. 아빠나 소희 작은아빠가 병원에도 모시고 가고, 소희 고모는 한약도 지어 오고 했지만 낫지 않았다. 병원에서는 노환이라고 했다.

"그동안 아플 새도 없이 사신 걸 한꺼번에 앓는지 일어나질 못하시네. 그래도 진료소가 동네에 있어서 다행이야. 밥 먹고 가 봐야겠다."

아빠가 점심을 먹으며 말했다. 바우는 아빠가 소희 할머니를 어머니처럼 생각한다는 걸 알았다. 점심 설거지를 한 뒤 바우도 자전거를 타고 소희네 집으로 갔다. 산자락에 지은 바우네 집은 달밭마을에서 가장 높은 곳에 있었고, 조금 내려가면 소희네 집이다. 언덕 위에 있는 그 집도 마을 집들에 비하면 높았다. 바우는 소희네 집에 들렀다가 자전거로 한 바퀴 돌 생각이었다. 찬 바람을 가르며 씽씽 달리고 나면 속이 후련해졌다.

소희네 집에 다다른 바우는 자전거에서 내렸다. 뜰로 올라서던 바우는 낯선 신발에 주춤했다. 굽 낮은 여자 구두였다. 조심스레 마루 문을 열자 할머니가 누워 있는 안방 모습이 눈에 들어왔다. 아빠와 흰 가운을 입은 구두 주인이 보였다. 아빠한테 새로 오신 진료소 소장님 이야기를 여러 번 들었다.

"들어와."

주방에서 무언가를 하던 소희가 잠긴 목소리로 말했다. 그런데도 선뜻 들어가지 못하고 서 있자 아빠가 말했다.

"찬 바람 들어온다. 어서 들어오지 않고 뭐 해."

그제야 마루로 올라선 바우는 문을 닫고서도 그 자리에 서 있었다.

"아드님인가 보죠?"

소장님이 웃음 띤 얼굴로 바우를 바라보았다.

"예. 바우야, 와서 소장님한테 인사드려야지."

아빠 말에 바우는 안방으로 다가가 고개만 겨우 숙였다.

"만나서 반갑다. 너도 6학년이라며. 우리 미르도 같은 학년이야. 앞으로 잘 부탁해."

아빠로부터 소장님에게 동갑인 딸이 있다는 이야기도 이미 들었다. 바우는 쑥스러워 눈도 맞추지 못했다.

"사내 녀석이 숫기가 없어서 걱정입니다."

아빠가 변명하듯 말했다.

"사람마다 성격이 다르지요. 내성적인 사람도 있고, 외향적인 사람도 있고요. 남자는 숫기가 있어야 한다는 건 편견이에요."

소장님이 웃으며 한 말에 아빠가 뒷머리를 긁으며 순순히 받아들였다.

"그러네요. 앞으로 소장님한테 많이 배워야겠는데요."

바우는 자기 뜻을 불도저처럼 밀어붙이는 성격인 아빠가 순순히 대꾸하는 모습에 깜짝 놀랐다. 그리고 소장님이 편을 들어주는 것 같아 기분 좋았다. 소장님이 진료 기구를 챙기며 소희에게 말했다.

"해열제 썼으니까 괜찮아지실 거야. 미지근한 물수건으로 자주 닦아 드리고 시간 맞춰 약 드시게 해. 무슨 일 있으면 언제든지 연락하고. 진료소랑 내 휴대폰 번호야."

소장님이 소희에게 명함을 건넸다. 소희가 두 손으로 받아든 명함을 소중한 물건인 양 들여다보았다. 할머니가 앓기 시작하면서 늘 어둡던 소희 얼굴이 조금 환해진 것 같았다.

소장님보다 먼저 소희네 집을 나온 바우는 마을을 빠져나와 느티나무와 진료소를 지나쳤다. 얼마를 달리는데 혼자 걸어가고 있는 아이가 보였다. 월전 1, 2, 3구로 이어지는 동네엔 아이들이 많지 않아 뒷모습이나 옷만 보아도 누군지 알 수 있었다. 바우는 낯선 옷을 입은 그 아이가 소장님의 딸일 거라고 짐작했다.

'이름이 미르라고 했지.'

소장님에게 좋은 인상을 받아선지 미르도 괜찮은 아이일 것 같았다. 미르는 자전거 기척이 느껴지지 않는지 도로 한가운데를 걸었다. 갑자기 지나치면 놀랄 수 있어 바우는 경적을 짧게 울렸다. 그제야 돌아보며 길가로 비켜서는 미르와 스치듯 눈이 마주쳤다. 바우는 그 순간을 아주 선명하게 떠올릴 수 있었다. 그 아이 옆을 지날 때 바람이 불어 길가로 떡갈나무 마른 잎이 날렸다.

앞서 달리는 일은 뒤에서 따라가는 것보다 더 힘들었다. 미르의 시선이 계속 쫓아오는 것 같았다. 뒤에 누가 오는 것도 알아차리지 못하던 그 아이처럼 무심해지고 싶었지만 잘 되지 않았다. 하도 타고 다녀 한 몸 같은 자전거인데 넘어질까 봐 겁났다. 빨리 그 아이의 눈길로부터 벗어나고 싶었다.

길이 두 갈래로 나뉘는 곳이 다가오고 있었다. 오른쪽 길은 학교로 가는 길이고, 왼쪽 길은 면 소재지로 향한 길이다. 바우는 왼쪽 길을 택했다. 플라타너스가 늘어선 그 길은 자전거로 달리기엔 그만이었다. 그리고 미르가 걸어서 면 쪽으로 갈 리는 없다.

'아직 길도 잘 모를 텐데 어딜 가는 거지?'

몸은 미르를 피해서 달리고 있지만 바우의 마음은 자꾸만 처음 보는 미르에게로 달려갔다. 바우는 그 마음이 부끄러워 어디로든 도망쳐야 했다. 이만한 시간이면 그 아이와 엇갈리기에 충분한 시간이겠지 싶을 때쯤 바우는 자전거를 돌렸다.

미르가 학교에 있는 줄 알았다면 운동장에 가지 않았을 거다. 정체를 알 수 없는 싱숭생숭한 마음이 자전거 묘기를 부리게 했다. 향나무 뒤에서 지켜보고 있는 미르를 알아차린 건 한참이나 재주를 부리고 난 뒤였다. 바우는 개미처럼 작아지고 싶은 기분으로 도망치듯 운동장을 빠져나왔다.

바우는 엄마하고만 사는 미르와 자신의 처지가 비슷한 것 같았다. 부모님이 모두 없는 소희한테서는 느끼지 못했던 감정이었다. 부모님 기억이 아예 없어선지 소희는 바우가 느끼는 그리움이나 상실감을 잘 이해하지 못하는 것 같았다. 이해한다고 해도 부모 없는 소희한테 엄마에 대한 감정을 표현하긴 어려웠다.

아빠가 복실이를 진료소에 준다고 했을 때 바우는 집에 두려고 색칠해 놓은 개집도 함께 주자고 했다. 미르와 함께 면에 가게 됐을 때는 가슴이 쿵쿵거렸다. 미르와 함께 하자 소희와 둘뿐일 때보다 활기가 넘치는 느낌이었다.

그런데 이틀 뒤 등굣길에 만난 미르는 다른 아이가 된 것 같았다. 느티나무 아래에서 기다리고 있던 소희와 자신을 못 본 척하며 지나쳐 버렸다. 학교에서도 온몸에 날카로운 가시를 잔뜩 세운 채 누가 가까이 가는 걸 거부했다. 소희와 바우도 처음 보는 사람처럼 대했다. 너희랑 가까이 지내고 싶지 않아. 그 아이 얼굴 가득 쓰인 말이었다.

바우가 미르와 단번에 친해지길 기대한 건 아니었다. 소희하고 말할 때처럼 미르와 자연스럽게 이야기를 주고받을 자신도 없었다. 그저 웃음 담긴 눈인사 정도를 바랐을 뿐이다, 조금 더 욕심을 낸다면 소희와 미르가 도란도란 이야기 나누는 것을 옆에서 들으며 함께 학교에 다니고 싶은 정도였다. 가끔은 그 아이의 가방을 자전거에 실어 주고 싶다는 생각도 했다. 미르를 뒤에 태우고 달리는 모습을 한 번도 상상하지 않았다면 거짓말이다.

바우는 미르가 날카롭게 구는 이유를 이해했다. 자신이 말하지 않는 것으로 엄마 잃은 슬픔을 나타냈듯이 미르는 가시를 세운 모습으로 아빠와 헤어진 슬픔을 표현하는 거라고 바우는 생각했다. 그래서 그 아이를 보면 엉겅퀴꽃이 생각났다. 뾰족하고 날카로운 가시 같지만 만져 보면 부드러운 엉겅퀴꽃. 어쩌면 다른 사람보다 여린 마음을 들키기 싫어 가시 돋친 모습을 하고 있는 건지 모른다.

상사화

여름 방학이 다가오고 있었다. 장마가 끝나고 날마다 땡볕이었다. 엄마 산소 주위엔 곧은 꽃대마다 연보라색 꽃이 소담스레 피어 있었다. 바우는 그 옆에 앉았다. 논에서 오리들이 초록빛 벼 사이를 꽥꽥거리며 헤엄쳐 다니는 모습이 내려다보였다.

요즘 아빠는 화학 비료 대신 사용할 퇴비를 만드느라 정신없이 바빴다. 농사에 관해서는 동네 사람들뿐 아니라 인근 지역 농부들까지 아빠를 따랐고 농업 기술 센터에서도 아빠를 찾았다. 바우는 신념을 가지고 친환경 농법에 대한 연구와 실천을 게을리하지 않는 아빠가 자랑스러웠다. 하지만 처음부터 그랬던 건 아니다. 아빠가 미웠던 적도 있었다.

동네 사람들의 이야기 때문이었다. 사람들은 바우가 말을 하지 않자 듣지도 못하는 양 조심성 없이 말하곤 했다.

"바우 아빠는 일에 미친 사람이야. 이제 그만하면 슬슬 해도 먹고 살 텐데. 일을 안 벌이면 몸살이 나는가 봐."

"바우 엄마 일찍 죽은 것도 속에서 병이 크는 줄도 모르고 고생을 해서 그런 거지 뭐야."

바우는 그럴지 모른다고 생각했다. 기억을 되살려 보면 엄마는 늘 아빠와 함께 일을 하고 있었다. 엄마가 쉬는 모습을 본 건 아팠을 때뿐이었다. 그땐 이미 돌이킬 수 없을 만큼 건강이 나빠진 뒤였다. 바우는 아빠가 자기를 사랑하지 않는다고 생각했다. 마음속 깊은 곳까지 들여다봐 주던 엄마와 달리 아빠는 바우에게서 못마땅한 것만 찾아내는 것 같았다. 아빠보다 소희 할머니한테 오히려 더 사랑받는 느낌이었다.

작년 봄, 아빠가 어디선가 모종 하나를 캐 와 엄마 산소 둘레에 심었다. 아빠는 바우가 묻지도 않았는데 이름을 알려 주었다.

"상사화래. 잎하고 꽃이 서로 그리워해서 그런 이름이 붙은 거라더라."

아빠의 설명이 잘 이해되지 않아 바우는 엄마가 보던 식물도감에서 상사화를 찾아보았다. 이름을 몰랐을 뿐 주위에서 보기 힘든 꽃은 아니었다. 상사화는 잎이 다 말라 버려 그 자리에 있다는 것도 잊어버릴 즈음 꽃대가 올라온다. 잎과 꽃이 함께 피는 다른 꽃들과 달리 잎이 자랄 땐 꽃이 없고, 꽃이 필 땐 잎이 없다. 아빠가 특별할 게 없는 꽃을 엄마 산소 옆에 심은 건 잎과 꽃이 서로를 그리워하고, 그래서 상사화라는 이름이 붙은 꽃이기 때문이다. 그제야 아빠의 외로움도 보이기 시작했다.

바우는 아빠가 늘 바쁘게 일하고 사람들과 어울려 지내니까 엄마 생각은 할 틈도 없을 거라고 여겼다. 아빠가 엄마 산소를 자주 찾는 건 아빠 말대로 습관일 뿐이야. 바우는 자기 혼자만 엄마를 그리워하고 있다고 생각해 왔다.

엄마, 내 생각이 짧았어요. 우리 가족은 상사화 잎과 꽃 같아요. 서로 만나지 못해도 상사화의 꽃과 잎이 한 몸인 것처럼 만나지 못하고 살아도 우리는 한 가족이에요.

바우가 아빠에게 마음을 연 건, 사랑을 표현하는 방법이 엄마와 다를 뿐 아빠 역시 자신을 사랑하고 있음을 깨달은 뒤부터였다.

엄마, 그래도 심장이 아플 만큼 엄마가 그리울 때가
있어요.

오늘 명환네 엄마가 학교에 왔다. 명환은 결혼한 누나가
있는 늦둥이였다. 명환은 다른 아이들 엄마보다 나이가 많
은 자기 엄마를 창피하게 여기는 것 같았다. 그런데 바우는
머리가 희끗희끗한 명환 엄마를 보자 코끝이 시큰했다.

엄마, 그 순간 내가 가장 부러웠던 게 뭔 줄 아세요?
나는 엄마의 젊은 모습밖에 몰라요. 나도 내가 자라는
것만큼 나이 들어가는 엄마를 보고 싶어요. 며칠 전 아
빠가 흰머리를 뽑아 달라고 한 적이 있어요. 어깨도 주
물러 달라고 했고요.
"나도 이제 늙나 보다."
아빠가 말했어요.
엄마, 난 아빠처럼 늙어 가는 엄마 모습이 너무 보고
싶어요.

미르가 떠올랐다.
엄마, 미르는 요새 기운이 하나도 없어요. 전엔 센 척

이라도 했는데 지금은 그럴 의욕조차 사라진 것 같아
요. 그래도 소희하곤 조금씩 이야기를 주고받아요. 새
생활에 적응하느라 그러는 걸까요. 꽃이나 나무를 옮겨
심으면 뿌리내릴 때까지 한동안 시들어 보이는 것처럼
요. 미르한테 이야기해 주고 싶어요.

"너희 아빠 살아 계시잖아. 목소리도 들을 수 있고,
만날 수도 있고 무엇보다 아빠가 늙어 가는 모습을 볼
수 있잖아."

하늘말나리

바우의 여름 방학은 언제나처럼 엄마 본가에 다녀오는 것으로 시작됐다. 엄마가 세상을 떠난 뒤 계속 이어진 일이다. 처음엔 방학 내내 있었지만 학년이 올라갈수록 차츰 줄어 이제는 일주일만 지내다 왔다.

할머니는 바우가 가면 처음 며칠은 우느라고 바빴다. 할아버지가 돌아가신 뒤론 눈물이 더 많아졌다.

"아이고 내 새끼, 많이 컸구나. 클수록 지 엄마를 닮아 가네."

할머니는 안타까움과 대견함이 가득한 눈길로 바우를 어루만졌다.

바우는 할머니를 보면서 엄마의 늙은 모습을 상상했다. 할머니는 아빠에게 이제 죽은 사람은 그만 잊고 새로운 생활을 시작하라고 말했다.

"자네가 바우 어미를 생각하는 마음은 알겠지만 젊은 사람이 언제까지 혼자 살 수 있겠나. 바우한테도 엄마가 있어야 하고."

아빠는 웃음으로 대답을 대신했다. 동네 사람들한테는 "그러니까 중매 좀 서시라니까요." 하는 아빠가 말이다. 바우는 너스레를 떠는 아빠보다 말없이 웃는 아빠가 더 마음에 걸렸다.

일주일 뒤 집으로 돌아오자 초등학교 마지막 여름 방학을 특별하게 보낼 수 있는 일이 기다리고 있었다. 소장님이 차로 50여 분 거리에 있는 시내 도서관을 알아 놓았다.

"방학 동안 영화도 보여 주고, 원화 전시회도 하고, 행사가 많더라고요. 그런 게 아니더라도 일주일에 한 번씩 가서 책도 보고 하면 좋잖아요."

"소장님이 진작 오셨으면 좋을 뻔했네요. 그동안 애들한테 그런 거 해 줄 생각은 못했는데. 도서관에 데려다주는 일은 제가 맡을게요."

아빠가 흔쾌히 나섰다.

"너무 시간 뺏기시잖아요. 처음에만 그렇게 해 주고 다음부턴 면까지만 태워 주세요. 거기에선 시내 다니는 버스 많으니까 애들끼리 알아서 다니라고 하고요. 그런 경험해 보는 것도 필요하잖아요."

학교 도서관 책은 거의 다 읽은 소희가 가장 좋아했다. 미르는 달밭마을을 벗어나 도시에 가는 것 자체가 좋은 듯했다. 바우는 도서관도 좋고 소희, 미르와 함께 버스 타고 멀리까지 다니는 것도 재미있었다.

바우는 아동 열람실에서 주로 그림책이나 식물에 관한 책을 보았다. 미르가 장난삼아 어린애처럼 그림책을 본다고 놀렸지만 그림들을 찬찬히 보고 있노라면 글로 말하지 않은 것까지 상상할 수 있어 좋았다. 책을 잔뜩 빌리는 애는 소희였다. 어쩔 땐 바우나 미르 이름으로 더 빌리기도 했다. 미르는 열람실에서 책 읽는 것보다 영상실에서 영화를 보고, 지하 식당, 또는 버스 정류장 근처에 있는 분식집이나 햄버거집에서 뭘 먹으며 수다 떠는 걸 더 좋아했다.

바우가 방학에 시작한 일이 또 있었다. 스케치북에 들꽃 세밀화를 그리는 거였다. 전에도 틈틈이 그림을 그리곤 했지만 주위에 핀 들꽃을 작정하고 그리는 건 처음이었다. 엄마가 좋아하고 이름을 알려 주었던 꽃들을 기억해 두고 싶었다.

엄마, 이 꽃 이름이 뭔 줄 아세요? 하늘말나리예요. 진홍빛 하늘말나리는 꽃도 예쁘지만 잎도 예쁘게 났어요. 빙 둘러 난 게 바퀴 모양 같아요. 백합이나 원추리 같은 다른 백합과 꽃들은 꽃이 땅을 내려다보고 피는데 하늘말나리는 하늘을 향해서 핀대요. 그 모습이 뭔가 소원을 비는 것 같아요.

뒷산 숲에서 하늘말나리를 보았을 때 처음엔 정확한 이름을 알지 못했다. 엄마도 알려 준 적이 없는 꽃이었다. 생김새로 보아 나리꽃 종류일 거라고 생각했을 뿐이다. 우거진 잡풀 속에서 피어난 진홍빛 꽃은 어딘지 모르게 고고해 보였다.

야생화 도감에서 찾은 하늘말나리라는 이름은 꽃하고 잘 어울렸다. 집으로 옮겨 심으면 꽃이 잘 피지 않는다고 했다. 바우는 어쩐지 그 꽃이 소희를 닮은 것 같았다. 바우는 하늘말나리를 몇 번이나 다시 그렸다. 소희 같은 꽃이라고 생각하니까 완벽하게 그려야 할 것 같았다.

엄마가 살아 계실 때 바우는 소희에게 물은 적이 있었다.

"니네 엄마랑 아빠는 어디 갔어?"

엄마 아빠와 함께 사는 바우에겐 할머니만 있는 소희가 이상해 보였다.

"우리 할머니가 엄마랑 아빠야."

소희가 아무렇지도 않게 대답했다.

"거짓말. 할머니가 어떻게 엄마랑 아빠야?"

"정말이야. 우리 할머니가 '이 할미가 우리 소희 엄마 아빠니까 기죽지 말어.' 그랬단 말이야."

소희는 할머니의 말투를 그럴듯하게 흉내 내어 말했다. 엄마가 돌아가신 뒤 바우는 소희 말이 맞을지 모른다고 생각했다. 소희는 부모님이 없어도, 예쁜 옷을 입지 못해도, 유명 상표 운동화를 신지 못해도, 좋은 학용품을 쓰지 못해도 언제나 당당했다. 하지만 바우는 옷의 실밥이 조금 터졌거나 단추가 떨어진 사실만 알게 돼도 그 순간부터 어딘가에 흠이 있는 듯 주눅이 들곤 했다. 그런 바우에게 엄마가 없다는 사실은 이 세상 어떤 상처보다도 깊고 어두웠다.

소희의 그 당당함은 어디서 생기는 걸까? 바우는 늘 궁금했다.

"아빠가 보기에 소희는 진짜로 자기 자신을 사랑할 줄 아는 아이 같다."

바우는 아빠의 말이 잘 이해되지 않았다. 이 세상에 자기 자신을 사랑하지 않는 사람도 있을까.

이젠 아빠 말이 무슨 뜻인지 알 것 같아요. 소희한테 혼자 있을 때 무슨 생각하느냐고 물은 적이 있어요. 그때 소희가 대답했어요.

"나는 나랑 이야기를 나눌 때가 많아. 어떤 말이나 행동을 할 때 난 내게 물어보곤 해."

내가 엄마에게 이야기하듯 소희는 자기 자신과 이야기를 나누는 거예요. 자기가 믿고 싶거나, 자신에게 믿음이 없으면 그러기 힘들겠지요. 엄마, 이제 하늘말나리꽃이 제대로 그려진 것 같아요.

꽃을 완성한 바우는 스케치북 한 귀퉁이에 써넣었다.

하늘말나리. 소희를 닮은 꽃
자기 자신을 사랑할 줄 아는 꽃

바우는 엄마랑 이야기를 나눌 때가 가장 행복했다. 하지만 그 일은 이제 숨을 쉬는 것처럼 익숙해져 깨닫지 못할 때가 많았다. 그다음으로 행복한 순간은 자기가 그린 그림이 마음에 들 때였다. 어릴 때처럼 점 하나를 찍어 놓고 날아가는 새라고 말하진 않았다. 대신 날아가는 새를 그렸다. 하지만 그때의 자신이 틀렸다고 생각하지는 않았다.

사람들은 바우 그림을 보면 잘 그렸다고 감탄했다. 그런데 대부분은 대상을 사진처럼 그린 그림을 잘 그렸다고 했다. 마음을 표현한 그림은 잘 이해하지 못했다. 그리고 이해할 수 없으면 "무슨 그림이 이래?"라고 했다.

엄마, 내 꿈이 화가인 것 아시죠? 어릴 적에 엄마는 내가 그림을 그리면, "우리 아기는 나중에 커서 훌륭한 화가가 되겠네. 이렇게 상상력이 풍부하니까 말이야." 하셨지요. 그 뒤로 난 화가 아닌 다른 무엇이 되겠다는 생각은 해 보지 않았어요. 그림은 내 마음을 표현하는 수단이고, 그림 그릴 때가 가장 즐겁고 편하니까요.

그런데 요즘 들어 꿈이 바뀌고 있었다. 미술을 통해서 마음의 병을 치료해 주는 사람이 되고 싶었다. 그런 직업이 있다는 걸 알게 됐을 때 바우는 가슴이 뛰었다. 미술이 자신을 표현하는 방법 중 하나라면, 그 안에 담긴 마음을 읽어 내어 그 사람이 지닌 마음의 병을 치료해 주는 일도 무척 보람 있어 보였다.

마음속에 그런 꿈을 갖게 되자 미술 시간에 다른 아이들의 그림도 자꾸 눈여겨보게 되었다. 전엔 자기 그림 그리는 데 몰두해서 미술 시간이 어떻게 가는지도 몰랐는데, 요즘 엔 다른 아이들의 그림을 보면서 나름대로 그 아이의 마음 을 해석해 보곤 하였다. 이 아인 왜 해를 반쪽만 나오게 그렸 을까? 이 그림의 바위는 왜 이렇게 날카로울까? 어두운 색 만 사용한 건 왜일까?

선이 좋다, 색감이 좋다, 구도가 좋다 하는 식으로 그림의 겉만 보고 평가하던 것에 비하면 굉장한 발전이라는 생각이 들어 뿌듯했다. 또 깨달은 게 있었다. 그동안 남의 그림을 겉 만 보고 평가했으면서 자신은 마음까지 이해받길 바라고 있 었다는 것을.

엄마, 요즘 머릿속에서 생각이 땅속의 감자나 고구마 처럼 줄기를 뻗으며 크는 것 같아요. 그리고 그 생각들을 엄마에게 이야기하듯 다른 사람들에게도 말하고 싶은 마음이 자주 들어요. 내가 말을 하면 사람들이 깜짝 놀라 겠지요. 말을 안 하는 게 아니라 못 한다고 여기는 사람 들이 많으니까요. 다른 사람뿐 아니라 아빠나 소희도 놀 랄 거예요. 아빠나 소희에게도 먼저 말을 걸거나 길게 이 야기한 적이 없는데, 내가 이렇게 많은 생각을 가슴에 품고 키워 왔다는 것을 알면 어떤 반응을 보일까요.

바우가 가장 이야기하고 싶은 아이는 미르였다. 소희와 셋이 있을 때 미르는 바우에게도 무심코 말을 걸었다 아차, 하는 얼굴로 입을 다물곤 했다. 바우는 미르가 자신을 말하지 못하는 아이로 단정 짓는 게 점점 속상해졌다.

엄마, 미르와 이야기를 나눈다는 생각만 해도 가슴이 뛰어요!

빨간 장미

미르에게 처음으로 말을 했다. 바우는 그동안 미르와 대화하는 모습을 상상해 보곤 했는데, 엉뚱한 상황에서 자기도 모르게 말이 튀어나왔다. 하지만 기쁜 마음으로 엄마에게 달려갈 수 없었다. 미르에게 먼저 말을 했는데도 '드디어'라고 자랑할 수 없었다.

바우는 혼란스러웠다. 어제, 아빠 차에 놓고 내린 모자를 꺼내러 갔다가 빨간 장미가 가득한 꽃바구니를 보았다. 당연히 엄마 것이라고 생각한 바우는 아빠에게 아는 체하지 않았다.

'그런 건 모른 척할 줄도 알아야 하는 거야.'

바우는 자신이 그만큼 자란 것 같아 흐뭇했다. 흰 망사 포장지로 감싼 꽃바구니는 화려했다. 그동안 엄마에게 소박한 들꽃만 갖다주었을 뿐인 바우는 장미꽃 바구니를 자기가 준비한 양 기분 좋았다. 아침 먹고 차에 가 보니 꽃바구니가 없었다. 엄마 산소 앞에 장미 바구니를 놓으며 아빠는 뭐라고 했을까. 상상만 해도 입꼬리가 올라갔다.

콧노래를 흥얼거리며 세탁기를 돌리는데 소희가 와서 미르네 집에 가자고 했다.

"미르가 케이크 먹으러 오래. 어제가 소장님 생신이었는데 미르 삼촌이 케이크 사 오셨나 봐. 선물로 지난번에 만든 주머니 드릴까 하는데 마음에 들어 하실까?"

소희가 걱정스러운 얼굴로 말했다. 바우는 실과 시간에 만들었던 헝겊 주머니를 떠올렸다. 미르와 자기는 바느질이 엉망이었는데 소희는 제법 잘 만들어서 선생님한테 칭찬을 들었다.

"응, 잘 만들었잖아."

바우도 뭔가 가져가고 싶어 다용도실을 열어 보니 오리알이 두 개밖에 없었다. 어제 아빠가 논에서 한 바구니 가져온 걸 봤는데 다른 집에 준 모양이다. 바우는 참외와 오이를 천 가방에 담아 들곤 소희와 집을 나섰다.

짙고 넓은 느티나무 그림자가 진료소 마당에 드리워져 있었다. 문 옆에 서 있는 라일락 나무 그림자는 느티나무 그림자에 묻혀 보이지 않았다. 바우와 소희가 진료소 마당으로 들어서자 복실이가 펄쩍펄쩍 뛰었다. 실내에서 키우겠다고 고집을 부리던 미르는 복실이가 부쩍부쩍 크고 똥을 많이 싸자 어쩔 수 없이 마당으로 내보냈다. 바우는 복실이에게 다가가 쓰다듬어 주었다.

"들어와."

개 짖는 소리에 밖을 내다본 미르가 말했다. 소희가 현관문을 열자 문에 매달린 종이 딸그랑딸그랑 시원한 소리를 냈다. 미르가 거실로 나와 아이들을 맞았다.

"소장님은 안 계셔?"

신을 벗으며 소희가 물었다.

"응. 방문 진료 가셨어."

소희에 이어 거실로 들어선 바우의 눈길이 탁자에 멈췄다. 장미꽃 바구니가 놓여 있었다. 어제 아빠 차에서 보았던 것과 똑같았다. 바우가 우뚝 선 채 바라보자 미르 입가에 미소가 번졌다.

"예쁘지? 어제 우리 엄마 생일이었거든. 작은숙모가 케이크 사 오셨는데 너희들하고 먹으려고 남겨 놓았어."

이미 소희한테 들은 이야기였다. 미르가 식탁으로 가자

소희도 따라갔지만 바우는 그대로 서 있었다. 아무리 봐도 아빠 차에 있던 그 꽃바구니였다. 엄마가 아니라 소장님을 주려고 산 거다. 알 수 없는 감정이 가슴 밑바닥에서 소용돌이쳐 바우는 꼼짝도 할 수 없었다.

"꽃도 숙모님이 사 오신 거야? 되게 예쁘다."

소희도 궁금했는지 물었다.

있지, 미르가 목소리를 낮추었다. 바우는 긴장한 얼굴로 미르를 바라보았다.

"우리 아빠가 보낸 것 같아. 전에도 엄마 생일마다 장미꽃을 사 줬거든."

내가 오해한 건가? 바우는 고개를 갸웃거렸다.

"그럼 니네 아빠 오셨어?"

소희도 덩달아 목소리를 낮췄다.

"아니. 배달시켰겠지."

확신에 찬 미르의 태도에 바우는 꽃바구니를 다시 살펴보았다. 흰색 망사 포장도 똑같고 장미꽃 색깔도 같은 게 틀림없이 아빠 차에 있던 그 바구니였다.

"니네 아빠한테 물어봤어?"

자기도 모르게 말이 튀어나왔다. 바우는 미르에게 처음으로 말을 했다는 사실을 알아차리지 못했다.

"아니, 아직. 그치만 말해 보나⋯⋯, 어머, 바우야! 너 지금⋯⋯."

미르가 가장 먼저 놀랐다. 소희도 눈을 동그랗게 떴고, 바우는 그제야 자신이 미르에게 말을 했음을 깨달았다. 하지만 느티나무 그늘에 묻힌 라일락 그림자처럼, 꽃바구니에 대한 충격이 커서 미르에게 말한 게 별일 아닌 것 같았다.

"바우야, 잘했어! 앞으로 미르한테도 지금 한 것처럼 말해. 알았지?"

쫓아온 소희가 팔을 잡고 흔들었지만 바우는 함께 기뻐할 기분이 아니었다. 미르는 꽃바구니가 아빠의 선물이란 걸 전혀 모르고 있다. 아빠 왜 소장님 생일에 꽃을 선물한 걸까?

"얘들아, 얼른 와. 바우가 나한테 처음 말한 거 기념하자. 촛불도 꺼야지."

미르가 흥분한 기색으로 식탁 위에 접시와 포크를 놓으며 말했다. 냉장고에서 케이크도 꺼내 놓았다.

"소장님 생일 케이크로 또 한 번 축하하네. 이거 소장님 선물. 실과 시간에 만들었던 헝겊 주머니야. 미리 알았으면 작은 선물이라도 샀을 텐데."

소희가 아쉬워하며 집에 있던 포장지로 싼 선물을 내밀었다.

"아니야. 엄마는 이런 정성이 들어간 걸 더 좋아해. 이따 전해 줄게. 바우, 너는 뭐 가져온 거야?"

미르가 웃으며 바우 손에 든 천 가방을 가리켰다. 소희가 습관대로 대신 대답했다.

"참외하고 오이야."

바우는 미르에게 다가가 가방을 건넸다.

"아저씨가 어제도 참외랑 오리 알 갖다주셨는데. 우리 숙모가 사 먹는 것보다 훨씬 맛있다고 다 가져갔어. 삼촌도 바우네 아저씨 농사 진짜 잘 지으신대. 나도 토마토 싫어했는데 바우네 건 맛있더라."

미르가 가방 안을 들여다보며 재잘거렸다.

오리 알이 그래서 없었구나. 오리 알은 물론 아빠가 키운 채소나 과일도 집에서 먹는 것보다 주변 사람들에게 나눠 주는 게 훨씬 많았다. 다른 때 같았으면 미르네한테 준 게 좋았을 텐데 꽃바구니 때문에 배신감만 더 커졌다. 아빠가 왜 소장님에게 장미꽃 바구니를 선물했는지, 의문이 머릿속에 가득 찼다. 바우는 케이크 맛을 느끼지 못했고 소희와 미르의 이야기도 귀에 들어오지 않았다. 아닐 수도 있잖아. 여기 있는 꽃바구니는 정말 미르 아빠가 보낸 거고 엄마 산소에 아빠가 산 꽃바구니가 있을 수도 있잖아. 바우는 포크를 놓으며 벌떡 일어섰다. 당장 확인하고 싶었다.

"가려고?"

소희가 물었다. 바우는 고개를 끄덕였다.

"왜? 케이크도 아직 남았는데. 더 놀다 가."

미르가 붙잡았다.

"나도 할머니 점심 드리러 갈 거야. 조금만 더 있다 같이 가자."

소희도 말했지만 바우는 진료소를 나왔다.

느티나무 그늘을 벗어나자 정수리가 타는 듯 뜨거웠다. 참외와 오이를 들고도 가볍게 왔는데 가는 길은 쇳덩이라도 안은 듯 발걸음이 무거웠다. 꽃바구니를 확인하기 위해 미르네 집을 나왔지만 이미 답을 아는 기분이었다. 그리고 미처 알아차리지 못했던 것들이 한꺼번에 깨달아졌다.

아빠는 전과 많이 달라졌다. 가장 큰 변화는 표정이었다. 남들하곤 잘 웃고 농담도 잘하는 아빠였지만 혼자 있을 때는 무표정할 때가 많았다. 그런데 요샌 늘 벙글벙글 웃는 얼굴이었다. 그리고 깔끔해졌다. 면도도 날마다 하고 옷도 자주 갈아입었다. 아빠와 아들이 바뀐 듯 씻어라, 흙 묻은 옷 또 입지 마라, 잔소리하는 쪽은 바우였다. 그런데 언제부턴가 그 말을 하지 않게 됐다. 일주일에 한 번 돌리던 세탁기를 두 번씩 돌리면서도 알아차리지 못했다.

아빠는 소장님을 좋아하는 걸까? 재혼하라는 할머니 말에 그냥 웃기만 했던 게 그래서였나? 자기 아빠가 다른 여자와 결혼한다고 울던 미르 모습이 떠올랐다. 난 아빠를 용서할 수 없어, 하고 외치던 목소리가 아직도 귀에 쟁쟁했다. 나도 싫어. 바우 역시 아빠를 용서할 수 없을 것 같았다. 엄마 아닌 다른 사람을 좋아하다니. 바우는 아빠가 소장님과 곧 결혼한다는 이야기라도 들은 것처럼 화가 났다.

마당에 차와 경운기가 다 있는 걸 보니 아빠도 집에 있는 모양이었다. 바우는 집을 지나쳐 산소 쪽으로 갔다. 그리고 꽃바구니가 놓여 있어야 할 자리가 비어 있는 엄마 산소 앞에 털썩 주저앉았다. 아빠에게 어제 차에 있던 꽃바구니 어떻게 했느냐고 물어볼까. 소장님에게 꽃을 주었냐고 대놓고 물어볼까. 모르는 척하고 슬쩍 떠볼까. 여러 가지 생각이 엇갈렸다.

바우는 아무것도 결정하지 못한 채 집으로 갔다. 아빠는 주방에서 점심을 먹고 있었다. 식탁 위의 반찬은 할머니가 담가 준 열무김치와 고추장, 풋고추뿐이었다.

"어디 갔다 와? 밥은 먹었냐?"

검게 그을린 아빠의 얼굴이 환히 빛나는 것 같았다. 바우는 대답 대신 냉장고에서 멸치조림과 장조림을 꺼내 아빠 앞에 놓았다. 밑반찬도 할머니 집에서 가져온 거다.

"난 됐으니까 너 안 먹을 거면 도로 넣어 둬."

아빠가 반찬에 손을 대지 않는 이유가 자기 때문이란 걸 바우는 알고 있었다.

"저야 나가서 이것저것 잘 먹는데 한창 클 나이인 바우가 안쓰럽지요. 제 엄마가 있으면 입맛에 맞게 챙겨 줄 텐데. 재주가 없는지 요리 솜씨는 늘지 않네요."

언젠가 장에 가서 반찬을 사 온 아빠가, 마침 김치를 가져 온 소희 할머니에게 한 말이었다.

"소희네 갔다 오냐? 거기서 밥 먹었어?"

아빠가 고추를 고추장에 푹 찍으며 물었다. 바우는 잠시 망설이다 말했다.

"미르네서 케이크 먹었어. 어제 소장님 생일이었대."

바우는 말하며 아빠의 눈치를 살폈다.

"그랬냐?"

아빠는 그뿐 고추를 한 입 베어 물었다.

"미르가 그러는데, 걔네 아빠가 소장님 생일에 장미꽃 바구니를 보내셨대."

목소리가 조금 떨려 나왔다.

"케이크가 밥이 돼? 얼른 몇 숟갈이라도 떠. 너 때는 많이 먹어야 하는 거야."

바우는 벼르고 한 말이었는데 아빠는 다른 소리만 했다. 그러곤 식사를 마치자마자 냉장고에서 얼린 물병을 꺼내 들고 다시 일하러 나갔다. 덤덤한 아빠 태도에 바우는 어제 아빠 차에서 장미꽃 바구니를 본 게 맞나 싶을 지경이었다.

엄마, 미르네 집에 있던 꽃바구니는 아빠 차에 있던 게 분명해요. 아빠가 소장님을 좋아하나 봐요. 이럴 때 난 어떻게 해야 돼요? 아빠가 엄마 아닌 다른 사람을 좋아할 수도 있다는 생각은 한 번도 해 본 적이 없어요. 상사화의 잎과 꽃처럼 서로 그리워하면서, 그래도 한 몸인 걸 행복하게 생각하면서 평생 살아갈 거라고 믿었어요. 엄마, 나 어떻게 해야 돼요?

괭이밥

　진료소에서 장미꽃 바구니를 본 뒤 처음으로 도서관에 가는 날이다. 바우는 아빠가 노래를 흥얼거리며 옷을 갈아입는 모습을 보자 도서관에 가기가 싫어졌다. 앞으론 아빠가 소장님과 웃으며 이야기 나누는 모습도 기분 좋게 바라볼 수 없을 것 같았다. 바우는 도서관에 가지 않겠다고 했다.
　"왜, 어디 아프냐?"
　아빠가 걱정스러운 표정으로 물었다.
　"안 아파."
　"그런데 왜 안 가? 재미있다면서."
　"재미없어."
　아빠가 몇 번을 채근했지만 바우는 침대에 누운 채 꼼짝도 하지 않았다.

"그럼 소희랑 미르나 태워다 주고 와야겠네. 뭐 먹고 싶은
거 없어? 아빠가 올 때 사다 줄게."

아빠 마음은 이미 진료소에 가 있는 것처럼 보였다.

"없어."

바우는 퉁명스레 대답했다. 아빠가 휴대폰 시계를 보더니
밖으로 나갔다. 현관문 닫히는 소리에 눈물이 찔끔 솟았다.
자기가 안 간다고 하면 아빠도 미르와 소희를 데려다주지
않기를 바랐는지 모른다.

'소장님을 좋아하니까 미르한테도 잘해 주는 거야.'

꽃바구니를 선물한 뒤에도 아빠는 계속해서 오리 알을,
오이를, 가지를, 배추를 진료소로 날랐다. 어제와 그제는 연
거푸 밤에 진료소에 가기도 했다. 도시와 농산물 직거래하
는 문제를 의논하기 위해서라고 했다. 소장님이 전에 근무
하던 병원 사람들을 연결해 준다고 했다나. 아빠 혼자가 아
니라 유기 농법으로 농사짓는 사람들이 함께 모이는 거라고
했지만 바우에겐 다 핑계로 들렸다.

아빠가 나간 뒤 바우는 게임을 했다. 하지만 자꾸 미르와
소희의 떠드는 소리가 들리는 듯했다. 아빠와 소장님이 웃으
며 대화를 나누는 모습도 떠올랐다. 바우가 없어도 아무 문

제가 없었다. 게임을 팽개치고 침대에 눕자 천장에 도서관 가는 길이 영상처럼 펼쳐졌다. 지금쯤이면 아빠 차는 진료소에서 미르까지 태우고 면 소재지로 가고 있을 거다. 내가 안 가는 이유를 아빠는 뭐라고 설명했을까. 소희와 미르는 어떻게 생각할까. 휴대폰을 보았지만 아무 연락도 없었다.

바우는 벌떡 일어나 세탁기를 돌리고 청소를 시작했다. 지금쯤 도서관에 도착했겠지. 이번에는 마약 떡볶이 매운맛 2단계에 도전하자고 했었는데. 미르가 방학 끝나기 전에 한 번은 도서관 말고 시내를 돌아다니자고 했었다. 어쩌면 바우가 빠진 오늘 그렇게 할지 모른다.

늦은 점심을 먹는 둥 마는 둥한 바우는 스케치북과 4B 연필을 챙겨 들고 집을 나섰다. 소희와 미르가 없다고 생각하자 동네가 텅 빈 것 같았다. 갈 곳도 엄마 산소밖에 없었다. 산소 주위엔 웃자란 풀들이 바람에 나부꼈고, 바랭이며 여뀌 같은 것들도 뿌리를 내리고 있었다. 잡풀이 고개를 내밀 틈도 없게 엄마 산소를 돌보던 아빠였는데 이제는 장마가 지난 뒤에도 그대로 두었다.

바우는 잔디 위로 퍼지는 괭이밥을 뽑아내려던 손을 멈추었다. 번식력이 좋아 산소 주변을 뒤덮는다고 아빠가 보기만 하면 뽑아 버리던 풀이다. 자리를 넓히고 있는 괭이밥은 아빠의 변한 마음을 드러내는 것 같았다. 바우는 아빠가 이 모습을 볼 때까지 풀을 그대로 놔두리라 마음먹었다. 잡풀로 뒤덮인 산소를 보고 소홀히 했음을 깨닫고 엄마에게 용서를 빌길 바랐다.

바우는 산소 주변에 난 풀들을 스케치북에 그리기 시작했다. 마음을 들쑤시는 생각들과 멈춰 선 것 같은 시간을 잊기 위해 그 어느 때보다 집중했다.

"바우야! 송바우!"

부르는 소리에 고개를 들어 보니 소희가 산소를 향해 올라오고 있었다. 평소 도서관에 갔다 올 때보다 이른 시간이었다. 바우는 손을 멈추고 소희를 바라보았다.

"너 오늘 도서관에 왜 안 간 거야?"

바우 앞에 선 소희가 숨을 몰아쉬며 물었다. 바우는 말없이 스케치북을 접었다.

"무슨 일이냐고? 뭐 땜에 삐친 거야?"

소희가 바우 옆에 앉으며 물었다.

"삐치긴 누가 삐쳤다고 그래."

바우는 여뀌를 뽑아 산소 가장자리로 휙 던졌다. 물봉선이 얻어맞고 휘청거렸다.

"그럼 왜 안 갔어?"

"나 안 가서 달라진 것도 없잖아."

바우는 부루퉁하게 대꾸했다.

"셋이 다니다 둘이 갔는데 왜 달라진 게 없냐? 재미없어서 다른 때보다 일찍 왔잖아. 너 혹시……."

"혹시, 뭐?"

바우는 소희가 뭘 아나 싶어 돌아다봤다. 한편으론 꽃바구니 이야기를 소희한테 털어놓고 싶기도 했다.

"너, 지난번에 미르한테 말한 뒤부터 이러는 거잖아. 창피해서 그래? 그것 때문에 그러는 거면 걱정 마. 미르는 니가 자기한테도 말했다고 얼마나……."

"그런 거 아니야."

엉뚱한 오해에 바우는 소희의 말을 잘랐다. 조금 전까지 앙증맞고 귀여운 노란 꽃잎을 활짝 펼치고 있던 괭이밥이 해가 지는 걸 가장 먼저 알고 꽃과 잎을 오므렸다. 마치 마음을 닫아 건 것 같았다. 아무도 내 마음을 모른다. 바우는 생각했다. 아빠는 물론 늘 누구보다 먼저 마음을 알아차리던 소희도 모르고 있다. 괭이밥이 자신 같았다. 소희가 빙그레 웃었다.

"너 정말 소장님 말대로 사춘긴가 보다. 아저씨가 아까 진료소에서 니가 아무 이유도 없이 툴툴거린다고 하니까 소장님이 사춘기인 모양이라고 하셨어."

소희는 뭐가 재미있는지 자꾸만 웃었다.

"아빠가 진료소에 가서 내 흉을 봤단 말이야?"

바우는 왈칵 화가 솟구쳤다.

"그게 무슨 흉을 본 거야. 너 정말 이상하다. 왜 그래? 무슨 일 있는 거야?"

소희가 그제야 웃음을 거두고 바우를 살폈다. 그리고 바우가 말하기를 기다려 주었다. 곰개미가 무엇인가 물고 잔디를 헤치며 기어가는 걸 한참이나 보고 있던 바우가 입을 뗐다.

"미르네 집에 있던 꽃바구니 말이야."

소희라면 어떻게 생각할까?

"미르 아빠가 보내 주셨다는 꽃바구니? 그 꽃이 왜?"

"아냐. 그 꽃 우리 아빠가 준 거야."

"뭐? 아저씨가?"

소희가 깜짝 놀랐다. 그렇게 놀랄 만한 일인 거다. 바우는 말을 이어 나갔다.

"그래. 전날 아빠 차에서 분명히 봤어. 난 당연히 엄마 산소에 갖다 놓으려고 산 건 줄 알았어. 그런데 미르네 집에 그 꽃이 있는 거야. 꽃은 좋아하는 사람한테 주는 거 아냐? 아빠가 어떻게 그럴 수 있어!"

바우가 흥분해서 말했지만 소희는 한동안 잠자코 있었다.

"난 아빠가 딴 사람이랑 결혼하면 집을 나가 버릴 거야."

바우는 강한 결심을 단단한 말투에 담았다.

"아저씨 결혼하신대?"

소희가 놀라 물었다.

"그런 건 아니지만……."

바우는 자기가 한 말에 놀라는 중이었다. 다른 사람들하 곤 말도 안 하면서 집을 나가겠다니. 지금 말하고 있는 아이 가 자신이 아닌 것 같았다.

"넌 아저씨가 평생 혼자 살길 바라?"

소희가 물었다.

"엄마도 여기 혼자 누워 있잖아."

바우가 산소를 가리켰다.

"그건 억지야. 엄만 돌아가셨고, 아빤 살아 계신데 어떻게 똑같아. 우리 할머니도 아저씨가 그만큼 했으면 된 거라고 하셨어. 나도 아저씨가 재혼하시는 게 좋다고 생각해."

소희는 마음을 알아주기는커녕 오히려 바우가 틀렸다고 말하고 있었다.

"자기 일 아니라고 쉽게 말하지 마."

잠시 침묵이 흘렀다. 그 사이로 꿩이 울었다. 푸르른 들판이 붉은 노을에 물들어 가을 들판처럼 보였다.

"넌 소장님이 싫으니?"

소희의 물음에 바우는 말문이 막혔다. 그런 건 아니었다. 오히려 소장님을 좋아하는 편이다.

"누가 싫대."

"너도 알지? 우리 엄마도 재혼했다는 거."

소희가 느닷없이 자기 엄마 이야기를 꺼냈다. 아주 드문 일이었다. 바우는 소희 표정을 살피며 고개를 끄덕였다.

"난 엄마 얼굴을 몰라. 아빠하고 찍은 사진도 할머니가 엄마를 잘라 내서 없어."

소희가 운동화 코를 만지작거리며 말했다.

"왜?"

기억나는 순간부터 늘 함께 했는데 처음 듣는 이야기였다.

"엄마가 나를 잊고 살라고 할머니가 그런 거래. 내가 엄마 사진 보면서 자꾸 생각하고 그리워하면 엄마 마음이 이쪽으로 끌려서 잘 살 수가 없다고. 사실 난 엄마에 대한 기억이 없어선지 별로 그리운 적도 없어. 그냥 엄마 있는 애들이 좀 부러울 뿐이지. 저번에 미르가 자기 아빠 재혼한다고 막 울때 깨달았어. 엄마가 그립지 않은 건 엄마하고 추억이 없기 때문이란 걸 말이야. 나, 그때 미르 엄청 부러웠다."

바우는 소희가 너무 단단해 보여서 다 괜찮은 줄 알았다.

"그럼 지금 나도 부럽겠네."

바우가 미안한 기색으로 말했다. 늘 이해받기만 바랐지 소희의 마음을 헤아려 본 적은 없었다.

"그것뿐인 줄 아니? 질투 나게 부러운 거 또 있어."

소희가 언뜻 보였던 속내를 장난스러운 말투로 덮었다.

"그게 뭔데?"

"난 소장님이 정말 좋아. 소장님 보면서부터 엄마 생각을 더 하게 됐어. 우리 엄마가 어디에선가 소장님처럼 열심히 멋있게 살고 있을 거라고 생각하면 기분이 좋아져. 나중에 혹시 엄마를 만나게 될 때를 위해서 나도 열심히 살아야겠다, 뭐 그런 마음도 들고. 만일 아저씨랑 소장님이 결혼하면 너한텐 소장님이 엄마가 되는 거잖아. 거기다 미르 같은 형제도 생기고. 그게 부러워."

바우는 입을 꾹 다물었다. 우리 엄마는 이 세상에 단 한 사람뿐이야. 바로 이 산소에 누워 있는, 나를 아기라고 부르던 그 엄마뿐이라고! 바우는 속으로 외쳤다.

4
부

너도 하늘말나리야

엄마와 아빠

아빠가 재혼한다는 걸 처음 알았던 날 미르는 굴참나무 숲 정자에 앉아 한참을 울었다. 옆에서 봐주는 소희와 바우가 있어 더 실컷 울 수 있었다.

미르는 비를 맞으며 함께 걸어온 아이들과 느티나무 아래에서 헤어졌다. 엄마가 진료 중이어서 미르는 다행히 울고 난 얼굴을 들키지 않을 수 있었다. 조용히 살림집으로 들어간 미르는 씻고 옷을 갈아입었다. 언젠가는 엄마도 아빠의 결혼 사실을 알게 되겠지만 미리 말하고 싶진 않았다.

이제 눈물은 나오지 않았다. 대신 분노가 가슴속에서 소용돌이치고 있었다. 자신을 뒤흔들 만큼 큰 일들에 미르는 아무런 결정권도 없었다.

미르는 방문을 걸어 잠갔다. 저녁도 먹지 않았다. 환자가 없을 때마다 쫓아와 문을 두드리던 엄마는 밤이 깊어졌을 때 열쇠로 문을 따고 들어왔다. 미르는 침대 위에 웅크린 채 앉아 있었다.

"왜 불도 안……."

어둠 속에서 들려오는 엄마 말을 자르고 미르가 소리쳤다.

"불 켜지 마!"

미르의 말에 엄마는 한동안 가만히 있었다. 무슨 생각을 하는지 궁금해질 즈음 엄마가 입을 열었다.

"엄만 네 아빠와 헤어지면서 네가 딸이라는 사실에 많은 위안을 받았어. 아직은 어리지만 언젠가는 같은 여자로서 친구가 돼 줄 거라고 생각했어. 그런데 네가 이렇게 적응하지 못하고 엄말 미워하는 걸 보니 내가 잘못 생각한 것 같다. 엄마랑 사는 게 그렇게 싫고 힘들면 아빠한테 가도 좋아."

엄마의 목소리는 차분했지만 슬픔이 깃들어 있었다. 미르는 엄마의 말 한 마디 한 마디가 날카로운 칼날이 돼 마음을 사각사각 베는 것 같았다. 아빠는 물론 엄마에게까지 버림받은 느낌이었다. 말을 마친 엄마가 방을 나가려는 순간 미르가 던지듯 말했다.

"아빠, 다른 사람이랑 결혼할 거래."

한걸음에 다가온 엄마가 미르를 껴안았다.

"우리 딸, 많이 속상했겠구나."

엄마가 말했다. 미르를 걱정할 뿐이지 엄마는 별다른 충격을 받지 않았음을 느낄 수 있었다.

"아빠가 결혼한다는데 엄마는 아무렇지도 않아? 이제 완전히 남남이 되는 거잖아."

미르가 울음 섞인 목소리로 말했다.

"그래도 네 아빠라는 사실은 변함없는 거야. 널 사랑하는 마음도 마찬가지고."

엄마가 미르의 머리와 등을 어루만졌다. 미르는 엄마 품에 안겨 다시 울음을 터뜨렸다. 굴참나무 숲에서 다 운 줄 알았는데 또다시 눈물이 쏟아졌다.

"우리 아빠 다음 주에 결혼한대."

소희에게 말할 때 미르는 가슴 한구석이 실제로 아팠다. 마음이 아프면 몸도 아프다는 걸 처음 알았다. 아빠와 엄마의 재결합에 대한 실낱같던 희망마저 완전히 사라져 버렸다. 미르는 아직도 엄마가 생일 때 받은 장미꽃 바구니를 아빠가 보내 준 거라고 믿고 있었다.

"결혼식장에 갈 거야?"

소희가 조심스레 물었다.

"미쳤어? 절대 안 가!"

미르는 아빠가 다른 사람과 결혼한다는 사실을 인정하고 싶지 않았다.

"전엔 엄마 아빠가 이혼한 게 엄마 때문이라고만 생각했어. 날 이런 시골구석으로……."

미르는 아차 싶어 소희 눈치를 보았다. 소희의 표정은 덤덤했다.

"암튼 그때는 엄마가 너무 미워서 막 괴롭히고 싶었어. 학교에 적응하는 것도 싫고, 친구 사귀는 것도 싫었어. 엄마한테 너무 미안해."

전에 했던 행동들이 떠올랐다. 소희, 너한테도 미안해. 낯간지러워 그 말은 차마 하지 못했다.

뒤에서 자전거 소리가 들려왔다. 바우였다. 미르와 소희가 교문을 나설 때 바우는 아이들과 농구를 하고 있었다. 자전거에서 내린 바우는 미르와 소희 옆을 걸었다. 바우의 티셔츠는 땀으로 젖어 있었다.

"니네 덥지? 우리 집에 가서 시원한 거 마시고 가."

미르가 말했다. 초록이 짙은 느티나무 우듬지는 멀리서도 보였다.

진료소 옆에 저 느티나무가 없다면 얼마나 허전할까. 느티나무가 여름 내내 힘껏 그늘을 만들어 마을 사람들의 쉼터가 돼 주는 걸 보면서 미르는 많은 생각을 했다. 느티나무의 가을은 어떨지 기다려졌다.

"그럴래?"

소희가 바우를 쳐다보았다. 바우가 머뭇거리며 자기 모습을 내려다보았다.

"땀 냄새 나면 어때."

미르는 소희, 바우와 함께 집으로 갔다. 엄마는 여름이 되자 진료실 창문들을 활짝 열어 놓았다. 맞바람이 불어 에어컨이 필요 없었다. 안에서 바우 아빠 목소리가 들려왔다.

"어? 니네 아빠 오셨나 보다. 오늘은 낮에도 오셨네."

미르 말에 갑자기 바우의 얼굴이 굳어지더니 되돌아섰다.

"왜? 땀 땜에 그러는 거면 우리 집에서 씻어."

미르가 말했지만 바우는 라일락 나무 아래 세워 놓았던 자전거를 타곤 가 버렸다. 소희는 말리지 않았다.

"쟤 왜 저래?"

미르가 기분 나빠 해도 잠자코 있었다.

"이상한 애야."

미르는 소희에게도 빈정이 상하는 걸 참으며 안으로 들어

갔다. 뒤따라 들어온 소희가 진료실로 가서 엄마에게 인사를 했다.

"학교 잘 다녀왔어? 바우는 안 왔니? 회장님 여기 계신데."

"아저씨 얼굴 왜 그러세요?"

깜짝 놀란 소희 목소리에 미르도 진료실을 들여다보았다.

환자용 의자에 앉아 있는 바우 아빠 얼굴이 불긋불긋하니 부어 있었다.

"벌에 쏘이셨어. 한 군데도 아니고 몇 군데나. 큰일 날 뻔했어."

엄마가 바우 아빠를 돌아다보며 말했다.

"어디서요?"

"산소에서 풀 깎다가 그랬다. 땅벌 집을 건드렸는지 달려들어 쏘는데 눈앞이 캄캄해서 차도 못 끌고 뛰어왔어. 바우는 안 왔나?"

바우 아빠 말투가 어눌했다. 입술이 부어서였다. 바우 아빠 얼굴은 처음 자동차 옆 거울로 봤을 때처럼 주먹코에 메기입으로 변해 가고 있었다.

"여기까지 왔는데 갑자기 그냥 가 버렸어요."

미르는 마뜩잖은 목소리로 말했다.

"아저씨 지금은 괜찮으신 거예요?"

소희가 걱정스러운 얼굴로 엄마와 바우 아빠를 번갈아 보았다.

"그래. 소장님이 응급 처치 잘해 주셨어."

"약 드시고 가려우면 연고 바르세요. 그리고 며칠 오셔서 주사 맞으셔야 돼요."

엄마 말에 바우 아빠가 약봉지를 챙겨 들고 일어섰다. 바우 아빠와 엇갈려 동네 할머니가 들어왔다. 콩국수 먹은 게 탈 난 모양이라며 배를 움켜쥐고 있었다.

소희와 집으로 간 미르는 가방을 소파 위에 던져 놓고 냉장고에서 주스를 꺼냈다. 소희에게 컵에 따른 주스를 건넨 뒤 자신도 벌컥벌컥 마셨다.

"바우는 무슨 애가 그래? 걔네 아빠가 밤에 회의하러 자주 오시니까 오늘은 낮에도 왔다고 한 말이 뭐 그렇게 기분 나빠서 갈 얘기야?"

미르는 입가를 훔치며 새삼스레 씩씩거렸다.

"땀이 많이 나서 그런 걸 거야."

소희가 달래듯 말했다.

"우리 집에서 씻으라고 했잖아. 걔 있지, 무슨 애가 걸핏하면 삐치고. 요즘 나한테 얼마나 쌀쌀맞게 구는 줄 알아? 지가 잘난 줄 아나 봐."

가슴속에 들어 있던 불만이 터져 나왔다.

"저기, 미르야."

소희가 주저하다 입을 열었다.

"바우, 너한테 화나서 그러는 거 아냐."

"그럼 뭐 때문에 그러는 건데?"

머뭇거리던 소희는 미르가 답답하다고 재우쳐서야 입을 열었다.

"저 꽃바구니, 니네 아빠가 보낸 거 확실해?"

소희가 거실 탁자 위의 꽃바구니를 가리켰다. 붉었던 장미꽃은 검게 변한 채 제 모양을 간직하고 있었다.

"우리 아빠가 아니면 누가 보냈단 거야?"

미르가 되물었다.

"다른 분하고 재혼하는데 꽃바구니를 보내셨을까?"

그 사실을 한 번도 의심하지 않았던 미르는 말문이 막혔다. 생각해 보니 소희 말이 맞다. 아빠가 보낸 거라면 엄마도 꽃바구니를 그렇게 탁자 위에 고이 모셔 놓았을 리 없다.

"그런데 그 이야기는 왜 하는 거야? 바우가 화내는 게 꽃바구니하고 무슨 상관이 있다고."

영문을 알 수 없었다.

"바우네 아저씨가 준 거래. 바우가 그 전날 아빠 차에서 꽃을 봤대. 그날 바우, 그냥 가 버렸잖아. 다음에 도서관에도 안 가고. 바우는 아빠랑 소장님이랑 서로 좋아한다고 생각하고 있어."

"말도 안 돼!"

미르는 몸에 벌레라도 붙은 것처럼 놀라 소리쳤다.

소희가 가고 난 뒤 미르는 장미꽃 바구니를 노려보았다. 엄마가 바우 아빠에게 받은 꽃을 간직하고 있는 게 너무 못마땅했다.

바우 아빠와 웃으며 이야기하는 엄마 모습이 떠올랐다. 아빠와 살 때는 웃기는커녕 대화도 잘 나누지 않았다. 엄마가 아빠에게 화를 내거나 큰 소리로 싸우던 때도 있었다. 이혼할 무렵엔 싸움조차 하지 않았고 아빠를 대하는 엄마의 표정은 차갑기 그지없었다. 아빠가 있으면 미르에게도 더무뚝뚝하게 대했다. 미르는 언제나 먼저 말을 걸고, 엄마 기분을 풀어 주려고 너스레를 떨던 아빠 모습을 봐서인지 엄마가 너무한다고 생각해 왔다.

"엄마, 엄마도 다른 엄마들처럼 예쁘게 좀 꾸미고 아빠한테 상냥하게 해 봐."

엄마에게 충고를 한 적도 있었다. 그런데 달밭에 온 엄마는 미르도 낯설어 보일 만큼 밝고 활기찼다. 특히 바우 아빠와는 농담도 잘하고 웃기도 잘했다. 바우 아빠도 진료소 일이라면 발 벗고 나서서 도와주었다.

'바우 아빠랑 좋아한다고?'

아빠가 다른 사람과 결혼한다는 걸 알았을 때보다 더 큰 충격과 배신감에 휩싸였다. 엄마까지 다른 사람을 좋아하는 건 받아들일 수 없었다. 미르는 꽃바구니를 마당에 내동댕이쳤다. 복실이가 컹컹거렸다. 바구니에서 쏟아져 나온 꽃은 목이 부러져 나뒹굴거나 아예 바스러져 버렸다.

엄마가 들어왔을 때 미르는 침대 위에 엎드려 있었다.

"미르야, 꽃바구니 네가 그랬어?"

엄마가 옆에 와서 앉으며 물었다. 미르는 침묵으로 시인했다.

"왜 그랬어? 혹시 바우 아빠가 준 거라서 그런 거야?"

미르는 엄마 말에 벌떡 일어나 앉았다.

"엄마랑 바우네 아빠랑 서로 좋아한다는 거 정말이야?"

미르가 따지듯 묻는 말에 엄마가 풋, 하고 웃었다.

"누가 그런 소릴 해? 바우가 그러디?"

"아니, 소희가. 바우가 그렇게 알고 있대. 그래서 아까도 자기 아빠 여기 있는 거 보고 화나서 그냥 간 거래. 걔 요새 나한테도 얼마나 쌀쌀맞게 구는 줄 알아?"

미르는 다시 속이 부글거렸다.

"엄마랑 바우 아빠랑 서로 좋아하면 안 돼?"

엄마가 웃으며 이야기했다. 미르는 농담인지 진담인지 구분이 안 가 엄마를 살피듯 보았다.

"이제 너도 엄마 말을 이해할 수 있을 만큼 컸다고 생각해. 그래서 솔직하게 이야기하는 거야."

미르는 긴장이 돼 침을 꿀꺽 삼켰다.

"회장님은 생각이나 살아가는 모습이 배울 게 많은 분이야. 사실 엄마는 바우 아빠를 알기 전에는 사람을 학력이나 재산, 지위 같은 것으로 평가한 적이 많았어. 그런데 회장님을 보면서 그런 편견을 버리게 됐어. 여기 와서 얻은 기쁨 중 하나가 바우 아빠 같은 친구가 생겼다는 거야."

"그래서 바우네 아빠랑 결혼할 거야?"

미르가 다그치듯 물었지만 엄마는 차분히 말을 이어 나갔다.

"엄마는 네 아빠랑 살면서 너무 힘들었어. 대화로 잘 헤쳐 나가지 못한 엄마한테도 잘못이 있지만 너무 많은 상처를 받았어. 아직까진 다시 결혼하고 싶은 생각 조금도 없어."

"그럼 나중엔 할 수도 있단 말이야?"

"글쎄, 그건 모르는 일이지. 분명하게 말할 수 있는 건 바우 아빠는 좋은 친구일 뿐이라는 거야."

"바우네 아빠도 엄마랑 생각이 같아?"

미르가 의심스러운 눈초리로 엄마를 보았다.

"글쎄, 그런 이야기는 한 번도 안 해 봐서 모르겠지만 바우 아빠도 그럴 것 같은데. 어른이 돼서 이야기 잘 통하는 친구를 만난다는 건 큰 행운이거든. 엄마나 바우 아빠나 그게 좋은 거야. 그리고 바우 아빠는 아직 바우 엄마를 잊지 못하고 계셔. 그런데 다른 사람을 좋아하거나 결혼할 마음이 있겠어."

엄마 말을 들으니 그런 것도 같았다.

"바우 아빠랑 금방 친해질 수 있었던 건 혼자서 아이 키우는 처지가 비슷해서야. 너 때문에 힘들 때 회장님 조언이 많은 도움이 됐어. 바우 아빠는 먼저 경험하신 분이잖아. 회장님이 아니었으면 엄마는 널 기다려 주지 못했을지 몰라. 엄마는 앞으로도 바우 아빠하고 서로 도와 가면서 편하게 지내고 싶어. 그런 사이가 너희들 때문에 깨지길 바라?"

엄마 말이 거짓이라는 생각은 들지 않았다. 바우 아빠에 대한 엄마 마음이 뭔지도 알 것 같았다. 어른들도 남사친, 여사친이 있는 거니까.

"그런데 아저씨가 꽃은 왜 준 거야?"

여사친에게 빨간 장미꽃 바구니를 사 주는 건 오버 아닌가.

"회장님 있는 데서 네가 엄마 생일 이야기했잖아."

미르는 기억도 안 났다.

"회장님이 알고서 그냥 지나치기 서운하다며 선물을 사 주겠다고 하더라. 그래서 엄마가 화분이나 하나 사 달라고 했어. 선물 고르느라 고민하게 만드는 거 민폐잖아. 회장님이 화원에 갔는데 만들어 놓은 꽃바구니가 예뻐 보여서 그냥 그걸로 사 온 거래. 그게 너희들한테 이런 오해를 살 줄 몰랐다."

엄마 이야기를 들으니 별일 아닌 것 같았지만 그래도 한 가닥 의구심은 사라지지 않았다.

"왜 나한테 그런 이야기 안 했어?"

"네가 언제 물어보기는 했어? 애초에 어디서 난 거냐고 물어봤으면 말해 줬지."

엄마가 손가락으로 미르 코를 콕 눌렀다.

난 아빠가 보낸 건 줄 알았단 말이야. 미르는 그 말을 꿀꺽 삼켰다. 엄마가 미르 얼굴에서 머리카락을 걷어 올리며 말했다.

"이제 오해 풀렸지? 엄마가 지금까지 내 자식이고 아직 어리니까 너를 내 맘대로 해도 된다고 생각했던 것 같아. 앞

으론 조심할게. 그리고 네가 엄마를 엄마이기 전에 한 여성
으로, 한 인간으로 이해해 줄 때가 오길 기다릴게."

엄마 말은 미르의 가슴에 출렁, 하고 떨어져 물무늬를 만
들었다. 엄마이기 전에 한 여성, 한 인간? 우리 엄마이기 전
에 한 여성, 한 인간이라고? 엄마와 딸이라는 관계의 끈을
가위로 싹둑 자르는 느낌이 들어 서운했지만, 엄마가 자신
을 어린아이 취급하지 않는 건 마음에 들었다.

그날 밤

　잠결에 구급차를 부르는 엄마 목소리가 들려왔다. 잠이 확 달아난 미르는 밖으로 뛰어나갔다.

　"엄마, 어디 아파?"

　거실 벽시계 숫자가 2시 반임을 알려 주고 있었다.

　"깼구나. 엄마가 아니라 출산하려는 산모가 있어서. 엄마 거기 가 봐야 되니까 넌 들어가서 자."

　엄마가 급한 목소리로 말했다. 한밤중 진료소 살림집에 혼자 있을 걸 생각하니 겁이 더럭 났다.

　"나도 엄마 따라갈래. 혼자 있기 무서워."

　엄마가 무슨 말을 하려다가 그러라고 했다. 미르는 방으로 뛰어 들어가 허둥지둥 잠옷을 갈아입었다. 이유 없이 심장이 쿵쾅거렸다. 엄마는 진료 가방을 챙긴 뒤 가운을 입고 오토바이 시동을 걸고 있었다. 미르도 헬멧을 쓰고 엄마 뒤에 올라탔다.

"간다. 잘 잡아."

미르는 엄마 허리를 꽉 껴안았다. 엄마의 체온이 전해 오자 불안하게 뛰던 가슴이 가라앉았다.

큰길로 나간 엄마는 속력을 올렸다. 처음엔 좀 무서웠지만 미르는 곧 밤바람을 가르며 휙휙 달리는 게 신났다. 마치 죽이 맞는 심야의 폭주족이 된 기분이었다.

산모의 집은 진료소를 지나 더 안쪽으로 들어간 마을에 있었다. 옛날 주택을 리모델링한 집 마당으로 들어서자 산모의 비명과 아이 울음소리가 뒤섞여 들려왔다.

오토바이에서 내린 엄마가 달려가 마루문을 열었다. 미르도 따라가 안을 들여다보았다. 마루에서 산모가 배를 감싼 채 소리를 지르고 있었다. 자기 엄마 옆에서 악을 쓰며 울고 있던 아기가 사람들의 등장에 울음을 멈추고 바라보았다. 미르도 진료소에서 본 적이 있는 두세 살 된 아이로 엄마는 베트남 사람이었다.

엄마가 신을 벗어 던지고 마루로 올라갔다. 미르는 선뜻 들어가지 못한 채 서 있었다.

"안나야, 이제 괜찮아. 비엔, 진통 언제부터 시작했어요? 안나 아빠는 어디 갔어요?"

"안나 아빠 일 갔어요. 지금 오고 있어요."

땀에 젖은 안나 엄마가 어눌한 한국말로 대답했다.

"좀 볼게요. 마음 편하게 가져요."

산부인과에서도 일한 경험이 있는 엄마가 산모를 살폈다. 잠깐 울음을 그쳤던 안나가 다시 울며 자기 엄마에게 달려들었다.

"미르야, 들어와서 안나 좀 봐. 구급차 오려면 좀 있어야 하는데 아기집 문이 다 열렸어."

엄마가 아직 밖에 서 있는 미르에게 말했다. 미르의 눈에도 상황이 너무 다급해 보여 엄마 말을 따르지 않을 수 없었다. 마루로 들어간 미르가 팔을 벌리자 안나가 얼른 다가와 안겼다. 안나는 눈물이 그렁그렁한 채 딸꾹질을 했다. 아파하는 엄마를 보고 놀라고 무서웠을 아이가 안쓰러워 꼭 안아 주었다. 엄마가 주방으로 가 여기저기 뒤지더니 큰 솥을 찾아 물을 받았다.

자기 엄마가 고통에 차 울부짖자 안나는 겁먹은 얼굴로 미르 품을 파고들었다. 온몸에 소름을 돋게 하고 가슴을 후벼 파는 듯한 소리에 미르는 심장이 뛰었다.

'애 아빠는 이럴 때 어디로 일을 간 거야?'

가스레인지 위에 물 솥을 올려놓은 엄마는 방으로 들어가 바닥에 깔 요를 가져와선 안나 엄마를 그 위에 눕혔다.

"비엔, 구급차 오고 있으니까 마음 놓고 조금만 더 힘내요. 심호흡하고, 날 따라 해 봐요. 하나, 두울, 오올치!"

헐떡거리는 숨소리에 이어 산모의 울부짖음이 다시 시작됐다. 안나도 다시 울었다.

"미르야, 안나 데리고 방에 가 있어. 문 닫고."

엄마 말에 미르는 안나를 안고 방으로 들어갔다. 문을 닫자 밖의 소리가 덜 들렸다. 침대와 화장대가 있는 방은 마구 어질러져 있었다. 안나를 침대 위에 내려놓으려고 했지만 아이는 금방 겁먹은 얼굴이 돼 미르 목에 매달렸다. 미르는 할 수 없이 안나를 안은 채 침대에 걸터앉았다. 그 작은 아이가 이상하게 큰 위안이 됐다.

벽에 안나 엄마의 결혼식 사진, 안나의 돌 사진 등이 걸려 있었다. 결혼 전 사진인 듯 베트남 옷을 입은 안나 엄마 사진도 있었다. 미르는 진료소에 온 안나 엄마를 관심 있게 본 적이 없어서 몰랐는데 결혼사진을 보니 대학생 나이쯤 돼 보였다. 젊은 안나 엄마에 비해 안나 아빠는 40대 아저씨 같았다.

미르는 안나를 가만가만 흔들며 노래를 불렀다. 딸꾹질이 점점 잦아든 안나의 눈이 스르르 잠겼다. 침대에 눕히려고 하자 안나가 팔을 꼭 움켜잡아 어쩔 수 없이 계속 안고 있었다. 힘은 들었지만 누군가에게 믿을 만한 보호자가 된 기분이 나쁘지 않았고, 새근새근 고른 숨을 내쉬는 아이 모습에 코끝이 시큰했다.

안나 얼굴에 같은 반 영지 모습이 겹쳐졌다. 소희와 친해지면서 미르는 영지와도 가까워졌다. 피부색만 조금 더 어두울 뿐 한국 아이와 다를 게 하나도 없는 영지는 '다문화'라고 불렸다. 부모 중 한쪽이 다른 나라 사람인 집을 다문화 가정이라고 했다.

미르가 5학년 때도 반에 다문화 가정 아이가 있었다. 새하얀 피부, 금발 머리, 초록색 눈동자를 가진 아일라는 아빠가 영국 사람이었다. 아이들은 그 애와 서로 친해지려고 애썼고, 한국에서 태어나고 자랐는데도 영국에서 갓 온 아이인양 앞다퉈 도와주려 들었다. 여자애들은 아일라의 헤어스타일이나 옷차림을 따라 했고, 말썽꾸러기 남자아이도 아일라 앞에 가면 얌전해지곤 했다. 미르도 크게 다르지 않았다. 아일라와 같은 모둠이 돼 수행 평가 과제를 한 적이 있었다. 그때 아일라네 집에 갔었는데 미르는 한동안 그 일을 자랑거리로 여겼다. 아빠가 영국 사람인 아일라를 다문화라고 부르는 아이는 없었다.

전학 온 처음엔 소희조차 밀어내던 때여서 아이들이 영지를 어떻게 대하거나 관심도 없고 상관도 없었다. 실은 영지와 가깝게 지내는 요즘도 신경 쓰지 않았다. 자기만 그렇게 부르지 않으면 된다고 생각했다. 그런데 안나를 품에 안고 있자 가슴 한구석에 자리하고 있던 속마음이 선명해졌다.

미르는 아일라네 집에 갔던 걸 자랑스러워하고, 그 애 얼굴에 난 주근깨까지 부러워했다. 그런데 영지에게는 다문화라고 부르지 않고, 함께 어울려 주는 것만으로도 베푸는 거라고 여겼다. 더 솔직하게 말하자면 달밭마을과 반대쪽 동네에 살고 있어, 학교에서만 어울리면 되는 걸 다행으로 생각했다.

안나 엄마가 다시 울부짖었다. 생각에 빠져 있던 미르는 그 소리에 흠칫 놀랐다. 밖이 궁금하면서도 나가 보고 싶진 않았다. 안나를 안고 있기 때문이기도 하지만 아기 낳는 장면을 보는 게 겁났다.

"비엔, 다 됐어. 조금만 더 힘줘 봐요. 아기 머리가 보여요."

안나 엄마 목소리를 뚫고 엄마 목소리가 들려왔다. 산모의 비명보다 더 크고 힘찬 엄마의 목소리가 들릴 때마다 미

르는 저절로 온몸에 힘이 주어졌다. 엄마는 능숙하고 믿음
직스러운 목소리로 안나 엄마를 이끌고 있었다.

"옳지! 그래요. 다 됐어. 마지막 한 번 더!"

으앙! 순간 온 세상이 숨을 멈춰 버린 것 같았다. 가냘픈
아기 울음소리는 산모의 비명도, 엄마의 외침도, 풀벌레 울
음소리마저도 한순간에 잠재우고 말았다. 정적을 가르며 구
급차 사이렌 소리가 들려왔다.

"안나야, 네 동생 낳았어!"

미르는 뭉클한 감정으로 안고 있던 아이에게 속삭였다.

미르는 소희에게 몇 번이나 그날 밤 일을 무용담처럼 말
했다. 안나 동생은 남자 아기이고, 다른 지역으로 일을 하러
갔던 안나 아빠는 막 구급차가 출발하려는 순간 도착했다.
안나 엄마도, 아기도 병원에 가서 검사를 받아야 했다. 딸네
집에 가 있던 안나 할머니도 병원으로 온다고 했다. 안나네
가족이 구급차를 타고 병원으로 떠난 뒤 미르와 엄마는 집
을 치워 주고 진료소로 돌아왔다.

"그날 밤, 안나네 집에서 하는 거 보니까 엄마가 좀 달라
보이더라."

미르가 말했다.

"어떻게?"

"음……. 엄마가 아니었으면 안나 엄마가 위험했을 수도 있잖아. 엄마가 이곳에 꼭 필요한 사람이구나 하는 생각이 들면서, 좀 멋져 보였달까."

소희가 씩 웃었다.

"넌 딸이면서 그걸 이제 알았어? 소장님은 처음부터 멋지셨어."

느티나무의 마음자리

　가을이 깊어지자 느티나무는 잎을 떨구기 시작했다. 노란색, 다갈색, 붉은색으로 물든 잎들이었다. 미르의 눈엔 여름내내 그늘을 만들어 주었던 잎들이 떨어져 쌓인 곳이 느티나무의 마음자리로 보였다. 나무 주위뿐 아니라 단 한 개의 잎이라도 날아가 앉은 곳은 다 마찬가지다. 이슬이나 서리에 젖은 느티나무의 마음자리는 아침마다 반짝반짝 빛나 미르의 마음까지 환하게 해 주었다.

　미르가 달밭마을에 와서 가장 먼저 마음을 준 대상이 바로 느티나무였다. 느티나무는 처음 보았을 때처럼 잎을 다 떨구어 버리고 밧줄로 동여맨 가지를 드러내 놓고 있었다. 그동안 가렸던 잎을 다 떨구어 내고 위엄을 되찾은 것 같았다.

봄에 가지마다 물이 올라 싹을 틔우기도 전에 나무 전체가 연둣빛으로 아련해지던 것, 잎이 나고 자라 청년처럼 싱그러워지던 것, 그리고 마지막 잔치를 벌이는 것처럼 단풍이 들던 모습……, 느티나무의 사계절을 다 지켜본 미르는 넓게 퍼져 있는 마음자리가 바로 나무의 본모습이라는 걸 깨달았다. 미르는 나뭇잎을 주워 소중하게 책갈피에 끼워 놓았다.

방문을 열자 느티나무 가지 그림자 하나가 손을 내밀었다.

"와! 나무 그림자야."

소희가 감탄하며 창가로 갔다. 미르는 문에 기대어 서서 소희의 뒷모습을 가만히 지켜보았다. 키가 껑충하게 크고, 약간 올라간 듯한 어깨와 큰 키가 부끄러운 듯 조금 구부린 등. 소희의 뒷모습에선 그 애가 가지고 있는 자신감이나 의젓함이 느껴지지 않았다. 할머니마저 떠나보낸 지금 소희의 등은 외롭고 추워 보였다.

1년 넘게 앓던 소희 할머니는 끝내 일어나지 못하고 돌아가셨다. 미르는 슬픔에 빠진 소희 곁에서 함께 울었다. 그리고 엄마에게 소희와 달밭에서 함께 살 수 있게 해 달라고 부탁했다.

"엄마도 소희가 너하고 같이 중학교에 다니면 마음이 든든하겠어. 하지만 소희한테 친척들이 있는데 우리가 먼저 나설 일은 아니야."

미르는 소희가 달밭마을에 남길 바랐지만 소희는 작은집에 가는 길을 택했다.

"나도 여기서 계속 너랑 바우랑 지내고 싶지만 작은집으로 가야 돼. 우리 작은아빠 나 때문에 할머니를 모셔 가지 못했어. 너 우리 작은아빠 막 우는 거 봤지? 내가 여기 남으면 작은아빠 마음이 편치 않으실 거야. 고모도 반대하시고."

미르는 엄마가 처음 와서 소희를 두고 했던 말이 무슨 뜻인지 비로소 알았다.

"일찍 아픔을 겪어서 그런지 애가 어른스럽더라. 엄만 오히려 그 모습이 가슴 아팠지만."

미르도 자기가 원하는 것보다 어른들 입장을 먼저 생각하는 소희에게 연민이 일었다. 그리고 그동안 생각 없이 한 말들이 혹시 소희에게 상처를 주지는 않았는지 돌아보게 됐다.

삼우제까지 지내고 작은집과 고모네 식구가 돌아간 뒤에도 소희는 달밭에 남았다. 사흘 뒤에 있는 졸업식에 참석하기 위해서였다. 그동안 미르 방에서 함께 지내기로 했다. 비록 사흘뿐이지만 미르는 가슴이 벅차고 설렜다. 늘 붙어 다녀도 함께 잔 적은 경주로 갔던 수학여행 때 빼곤 없었다. 할머니 때문에 소희는 밤에 집을 비우지 못했다. 수학여행도, 동네 아주머니가 할머니와 자고, 엄마가 특별히 더 신경 쓰기로 한 덕에 갈 수 있었다.

3일 동안 아주아주 잘해 줄 거야. 혹시 나한테 서운하거나 못마땅한 게 있었더라도 다 풀고 갈 수 있게 할 거야. 떨어져 살아도 영원한 절친으로 남을 수 있게 만들 거야.

미르는 달밭마을로 오면서 친구들과의 관계를 끊었다. 지금도 가끔 민서나 지유의 SNS에 들어가 보곤 하지만 한때 죽고 못 사는 사이였다는 게 이상할 정도로 멀게 느껴졌다. 그 애들과 다시 연락이 된다고 해도 이젠 어색해서 예전으로 돌아갈 수 없을 것 같았다. 소희와의 관계는 그렇게 끝내고 싶지 않았다.

엄마와 함께 저녁을 먹을 때도 미르는 얼른 소희와 단둘이 있고 싶어 조바심이 났다. 저녁을 먹고 나자 소희가 설거지를 하겠다고 고집했다. 소희와 함께 하니 설거지도 재미있었다. 주방 정리를 마치기 무섭게 미르는 소희를 방으로 잡아끌었다. 그리고 문을 여는 순간 느티나무의 가지 그림자가 손을 내민 거다. 미르가 달밭에 온 첫날처럼.

"내가 여기 와서 처음으로 좋아한 게 뭔 줄 알아? 바로 느티나무야."

소희 옆에 선 미르가 느티나무를 바라보며 말했다.

"어, 나 아니었어? 나무한테 밀리고, 서운한데."

소희가 장난처럼 말했다. 저녁 먹을 때부터 소희는 평소와 달리 수다스러워졌고 자꾸 싱거운 농담을 했다. 진지해지고 싶지 않은 마음을 알 것 같으면서도 미르는 그러다 진심을 말하지 못한 채 헤어지게 될까 봐 초조했다.

"처음 좋아한 친구는 당연히 너지. 앞으로도 그럴 거야."

미르의 말에 소희가 장난기를 거두었다.

"저 나무, 어렸을 때부터 우리 놀이터였다. 어른들이 그전에 그네를 매 줬었는데 서로 타겠다고 얼마나 싸웠는지 몰라. 가지가 저렇게 된 건 달밭 아이들 때문일 거야. 너 아니었으면 잊고 갈 뻔했다. 미르야, 고마워. 나무도, 너도 잊지 않을게."

미르는 작별 선물로 소희가 부러워하던 가죽 커버 다이어리를 준비했다. 속지를 갈아 끼우고, 가장 곱게 마른 느티나무 잎 세 개를 코팅해서 함께 넣었다.

내 친구 소희에게

소희야, 네 덕분에 달밭마을에 잘 적응할 수 있었어. 정말 고마워. 너와 함께 한 시간들 영원히 기억할 거야. 그리고 함께 넣은 잎은 느티나무의 마음자리야. 네가 어디 있든 달밭의 느티나무가 널 따뜻하게 해 줄 거야. 그 나무와 함께 내가 있다는 걸 잊지 말아 줘. 사랑해.

-달밭의 미르가

미르는 며칠을 고심해서 쓴 카드와 함께 다이어리를 소희에게 건넸다.

너도 하늘말나리야

"바우 안 오려나 보다. 소희야, 이제 그만 가자."

바우 아빠가 차창으로 고개를 내밀고 말했다. 미르와 소희는 서로의 손을 놓지 못하고 있었다. 헤어지기 싫은 둘의 마음처럼 겨울도 떠나기 싫은 듯 늦은 눈이 소복하게 내렸다.

바우 아빠의 트럭엔 쌀이 가득 실려 있었다. 미르 엄마가 연결해 준 곳으로 배달하러 가는 길에 소희를 작은집까지 데려다주기로 이야기가 돼 있었다.

졸업식 날 미르는 6년을 다닌 소희보다 더 섧게 울었다. 이렇게 빨리 헤어질 줄 알았다면……. 마음을 꽁꽁 닫아걸고 지낸 처음 몇 개월이 너무 아쉽고 안타까웠다. 소희는 할머니 장례를 치르면서 눈물을 다 쏟았는지 울지 않았다.

"나, 갈게."

소희가 말했다.

"바우, 얘는 뭐야? 정말 안 오는 거야?"

미르는 헤어지는 시간을 잠시라도 늦추고 싶어 소희의 손을 꼭 쥔 채 마을 쪽을 돌아다보았다.

"정말. 어제 인사했다고 안 나오네. 내가 서운해하더라고 전해 줘."

소희가 웃으며 말했다.

"소희야, 나도 차 타고 같이 갔다 올래. 엄마한테 말하고 올 테니까 잠깐만 기다려."

소희가 돌아서는 미르의 손을 꼭 잡았다.

"그럼 이따 또 헤어져야 되잖아. 그런 건 여기서 한 번만 해."

"인석들아, 작별하다 날 저물겠다. 소희가 아주 가는 거냐? 할머니하고 아빠 산소가 여기 있는데 방학이나 명절에 와야지. 어서 타. 가뜩이나 눈 와서 길 막힐 텐데."

바우 아빠의 채근에 미르와 소희는 트럭으로 갔다. 소희가 차에 타려는데 바우 목소리가 들려왔다.

"소희야!"

비탈길을 올라온 바우가 차 앞에서 헉헉거리며 자전거를 내렸다.

"안 오는 줄 알았네. 왜 이렇게 늦게 왔어?"

차에 발을 올렸다 내린 소희가 평소처럼 바우를 툭 쳤다. 소희의 장난에도 바우는 굳은 얼굴로 둥글게 만 도화지를 내밀었다. 소희가 받아 펼친 것을 미르도 함께 보았다. 연필로 섬세하게 그린 꽃 그림이었다.

"다른 나리꽃들은 땅을 보면서 피는데 하늘말나리는 하늘을 보면서 피어."

바우가 말했다. 목소리가 떨리는 듯했다. 그림 한쪽에 글귀가 써 있었다.

"하늘말나리. 소희를 닮은 꽃. 자기 자신을 사랑할 줄 아는 꽃……."

중얼거리듯 읽던 소희의 눈에 눈물이 핑 돌았다. 미르도 울컥했다. 호시탐탐 기회만 노리고 있던 울음이 쏟아지려는데 소희가 밝고 큰 목소리로 말했다.

"음, 바우가 이제 뭘 좀 아네. 너, 간만에 마음에 든다. 나 없어도 미르랑 계속 친하게 지내라."

소희가 짐짓 과장된 표정과 목소리로 말하며 미르의 손을 잡고 흔들었다. 바우가 미르를 바라보았다.

'소희 대신 이제는 나한테 말해. 뭐든지 들어 줄게.'

미르는 마음속으로 말하며 고개를 끄덕였다. 바우도 미르를 보며 고개를 끄덕였다.

"어, 지금 둘이 뭐 하는 거야? 니들 방학 때 만났을 때 나하고보다 더 친해져 있는 거 아냐?"

소희의 장난스러운 말투에 미르가 바우를 툭 치며 말했다.

"우리 그럴래?"

바우가 얼굴을 붉히며 씩 웃었다.

소희는 끝내 눈물을 흘리지 않은 채 차에 올랐다. 차가 출발하려는 순간 차창을 내린 소희가 말했다.

"너희들도 하늘말나리야!"

미르와 바우는 느티나무 아래에 서서 소희를 태운 트럭이 모퉁이를 돌아 사라지는 것을 바라보았다.

느티나무의 마음자리

내가 그 느티나무를 처음 보았을 때는 여름이었다.

느티나무는 짙푸른 잎과 그늘로 자신의 젊음을 자랑하고 있었다. 넘쳐나는 젊음을 주체하지 못하겠다는 듯 진초록으로 빛나는 무성한 잎을 보며, 초록빛이 눈부신 줄 처음 알았다. 곧이어 가을이 왔고, 느티나무는 축제를 벌이느라 등을 내건 것처럼 환했다. 일생을 정신없이 바쁘게 살다 인생의 황혼기에 들어선 이가 한 번쯤 자신만을 위해 벌인 축제 같았다.

겨울이 돼서야 느티나무는 자신의 나이를 알려 주었다. 오백 년의 세월을 살아 내느라 둥치에 구멍이 나고, 지탱할 힘조차 없어 밧줄로 가지를 걸어 맨 초라한 노인이었다. 나는 나무가 겨울을 견뎌 내지 못할 줄 알았다. 여지껏 그럭저

럭 지나왔지만 더는 찬 바람을, 눈보라를, 살을 에는 추위를 견디지 못할 거라고 생각했다. 하지만 봄이 되자 마른 삭정 이 같던 가지에 움이 트기 시작했다. 나무를 감싼 연둣빛 안 개는 사춘기 아이의 수줍은 미소 같았다.

그 뒤로 나는 해마다 설렘으로 봄의 느티나무를 보았고, 싱그러움으로 여름의 느티나무와 만났다. 가을의 느티나무 에게선 풍요로움을 느꼈고, 겨울의 느티나무에게선 초연함 을 배우고자 했다. 그렇게 느티나무는 내 가슴속으로 들어 왔다. 나는 사람살이와 다를 것 없는 느티나무의 삶을 보면 서 하나의 이야기를 키워 나갔다.

내 안에서 느티나무가 점점 깊이 뿌리를 내리는 동안, 살 면서 보고 듣고 겪고 만나고 헤어진 사람들이 숨결을 얻어 제 목소리를 내기 시작했다. 그들 역시 슬플 때는 느티나무 에게서 위안을 받고, 더우면 그 그늘에서 땀을 식히고, 새로 운 길을 떠날 때면 느티나무로부터 용기를 얻었다. 지금도 그 느티나무는 제자리를 지키고 서서, 또 다른 누군가에게 무엇이 되며 자신의 삶을 살아가고 있으리라.

2005년 이른 봄

이금이

나도 하늘말나리야

결혼하고 농촌에서 10년을 살았다. 진료소와 그 앞의 느티나무를 처음 본 순간 그곳을 배경으로 한 이야기를 쓰고 싶다는 생각이 들었다. 풍경으로부터 영감을 받은 것도 처음이었다.

나는 진료소장인 엄마를 따라 시골에 온 도시 아이 '미르'가 주인공인 이야기를 구상했다. 결혼으로 삶의 터전이 바뀐 상황과, 방학마다 시골 할머니 댁에 갔던 기억들이 미르와 미르 엄마에게 숨결을 불어넣었다. 하지만 이야기가 써지지 않아 덮어 두었다가 다시 쓰기를 반복했다. 마을을 떠나던 해에 책이 나왔으니 10년 가까이 씨름했던 셈이다. 나중에서야 그 세월이 소희와 바우를 위한 시간이었음을 깨달았다.

애초, 소희와 바우는 주인공 미르를 보조하는 캐릭터로 만들어졌다. 갑자기 낯선 곳에서 살아야 하는 미르에게 더 감정 이입이 됐기 때문이다. 하지만 농촌에서 살며 내 아이를 낳아 키우고, 소희와 같은 처지의 아이들을 만나게 되었다. 세월과 함께 소희와 바우는 미르와 비중을 같이하는 캐릭터로 성장했다. 또 부모로서, 여성으로서, 한 인간으로서 삶의 방향성에 대해 했던 고민들을 어른 캐릭터에 담을 수 있었다.

1999년에 첫 출간된 『너도 하늘말나리야』는 2005년에 청소년으로 독자 대상을 넓혔다. 그리고 2007년에 한 번의 개정 작업을 거쳤으니 정확하게 하자면 이번 책은 재개정판이다. 그 사이 변화한 농촌 환경이나 개선된 인권 의식, 성인지 감수성 등을 다시금 살펴보고 반영할 수 있어 다행이고 기쁘다.

'하늘말나리'는 소희를 상징하는 꽃이다. '너도 하늘말나리야'란 제목을 붙이게 된 까닭은 소희가 작품 속에서 그만큼 자기 자리를 넓혔기 때문이다. 그리고 내가 독자에게 해주고 싶은 말이기도 했다. 이 책을 읽고 쓴 독서 감상문을 본 적이 있는데 마지막 문장이 '나도 하늘말나리야!'였다. 독자와 통했음을 확인한 짜릿한 순간이었다.

『너도 하늘말나리야』가 『소희의 방』, 『숨은 길 찾기』로 이어질 수 있었던 건 독자들이 긴 세월 한결같이 미르, 소희, 바우를 사랑하고 응원해 준 덕분이다. 고맙고 또 고마울 따름이다.

2021년 한여름

이금이

유진과 유진 장편소설

아동 성폭력이라는 사회적 이슈와 청소년이 겪는 일상화된 폭력과 상처를
마주한 이금이 작가의 문제작! 두 유진의 고통스러운 진실이 미스터리한
서사와 밀도 높은 심리 묘사 속에서 점차 드러난다.

책으로따뜻한세상만드는교사들 추천도서 | 어린이도서연구회 청소년 권장도서 | 국
립어린이청소년도서관 청소년 추천도서 | 학교도서관사서협의회 추천도서 | 한국출
판인회의 선정 이달의 책 | 책 읽는 서울 한 도서관 한 책 읽기 선정 도서 | 부산시교육
청 초중고 권장도서 | 교보문고 선정 마음에 힘을 주는 책 | 알라딘 독자 선정 청소년
문학 최고의 책 | 한우리독서문화운동본부 권장도서 | 『창비어린이』 선정 올해의 책 |
학교도서관저널 『성과 사랑 365』 선정 도서 | 학교도서관저널 추천 성장소설 50선 |
평화박물관건립추진위원회 선정 어린이·청소년 평화책

주머니 속의 고래 장편소설

잘생긴 얼굴만 믿고 연예인을 꿈꾸다 좌절하는 민기, 꿈을 찾았지만 길을
못 찾는 현중, 내면의 상처 때문에 괴로운 준희, 가난 때문에 꿈조차 사치인
연호, 16세 아이들이 펼쳐 놓는 마음 깊숙한 이야기!

중학교 국어 교과서 수록 | 경기도학교도서관사서협의회 권장도서 | 대한출판문화협
회 선정 올해의 청소년도서 | 전국독서새물결 선정 교과별 추천도서 | 서울북페스티벌
북크로싱 선정 도서 | 『창비어린이』 선정 올해의 책 | 아침독서 청소년 추천도서

벼랑 소설집

청소년들의 삶을 다섯 편의 단편소설에 담았다. 자신의 삶에 주체적이지
못하고, 마치 벼랑 끝에 선 것처럼 위태로운 청소년들의 이야기다. 그들의
삶을 벼랑 끝으로 모는 존재는 과연 누구인가!

한국문화예술위원회 선정 우수문학도서 | 국립어린이청소년도서관 사서 추천도서 |
대한출판문화협회 선정 올해의 청소년도서 | 『창비어린이』 선정 올해의 책 | 아침독서
청소년 추천도서 | 네이버 북리펀드 선정 도서

청소년들의 '지금과 여기'를 살피고,
꿈과 미래를 힘껏 응원하는
이금이 작가의 청소년문학 시리즈입니다.

안녕, 내 첫사랑 장편소설

소년의 서툰 '사랑'을 작가 특유의 세심함을 담아 그려 낸다. 첫사랑은 이루어지지 않는다는데, 동재의 첫사랑은 어떻게 될까? 끝까지 손을 놓지 못하게 만드는 사춘기의 첫사랑 이야기!

국립어린이청소년도서관 사서 추천도서 | 국립어린이청소년도서관 어린이자료분과 추천도서 | 경기도학교도서관사서협의회 추천도서 | 한국아동문학인협회 선정 우수도서 | 인터넷교보문고 어린이책 AWARD 선정 도서 | 소년조선일보 추천도서 | 아침독서 추천도서

마리오네트의 춤 장편소설

아이들이 모두 거짓이라고 '믿고 싶어 하는' 이야기가, 사실은 진실이라면? 몸에 맞는 교복이 없을 정도로 뚱뚱한 봄이에게 멋진 대학생 남친이 있다니…. 반전에 반전을 거듭하는 놀라운 소설.

국립어린이청소년도서관 추천도서 | 『학교도서관저널』 추천도서 | 네이버 북리펀드 선정 도서

거인의 땅에서, 우리 장편소설

엄마와 엄마의 여고 친구들 틈에 끼어 몽골로 여행 간 다인이. 어른들 사이에서 공주 대접받을 줄 알았는데, 영 실망스럽다. 믿었던 엄마도 낯설게 느껴진다.

서울시립어린이도서관 추천도서 | 아침독서 청소년 추천도서 | 네이버 북리펀드 선정 도서

얼음이 빛나는 순간 장편소설

모범생과 보헤미안 같은 두 소년의 삶이 어느 날 날줄과 씨줄처럼 뒤엉켜 버린다. 우연에서 시작하지만, 결국 스스로 선택하는 인생을 살려 애쓰는 청소년들의 가슴 시린 성장소설.

『학교도서관저널』 추천도서

'너도 하늘말나리야' 시리즈 3부작

---

1. 너도 하늘말나리야 장편소설

세 친구 미르, 소희, 바우는 각자의 아픔 때문에 마음을 열지 못한다. 그러나 자신의 상처를 통해 친구의 상처를 들여다보게 되고, 서서히 서로를 이해한다. 스스로 치유하며 성장해 나가는 아이들의 이야기!

초등학교·중학교 국어 교과서 수록 | 책으로따뜻한세상만드는교사들 추천도서 | 어린이도서연구회 권장도서 | 책읽는교육사회실천협의회 추천도서 | 한국출판인회의 선정 이달의 책 | 서울시교육청 교과별 권장도서 | 경기도교육청 독서감상문 경시 대회 선정 도서 | 부산시교육청 독서인증제 권장도서 | 중앙일보 선정 좋은 책 100선

2. 소희의 방 장편소설

'너도 하늘말나리야' 시리즈 3부작 중 2부. 열다섯 살이 된 소희가 친엄마와 함께 살게 되면서부터 벌어지는 이야기다. 엄마의 재혼으로 '윤소희'에서 '정소희'로 살게 된 소희는 모든 것이 힘들기만 하다.

한국도서관협회 선정 우수문학도서 | 한겨레·예스24 선정 청소년책 30선 | 아침독서 추천도서 | 네이버 북리펀드 선정 도서

3. 숨은 길 찾기 장편소설

'너도 하늘말나리야' 시리즈 3부작의 완결편. 소희가 떠난 뒤 달밭마을에 남은 미르와 바우는 어떻게 살고 있을까? 이후의 삶이 궁금했던 독자들의 요청에 의해 써 내려간 아이들의 사랑과 꿈 이야기.

국립어린이청소년도서관 청소년 추천도서 | 한국출판문화산업진흥원 선정 세종도서 | 아침독서 추천도서